Hex Hall

Rachel Hawkins

Hex Hall

Traduit de l'anglais (américain)
par Raphaële Eschenbrenner

wiz
Albin Michel

Rachel Hawkins est née en Alabama et a été professeur avant de se consacrer à sa passion : la littérature fantastique jeunesse. Après une tournée nationale pour présenter son livre, elle travaille sur la suite de *Hex Hall*, premier roman très remarqué.

Titre original :
HEX HALL
(Première publication : Disney – Hyperion Books,
an imprint of Disney Book Group, New York, 2010)

Pour maman et papa,
pour John et Will,
pour tout...

« Ne t'approche pas du miroir »,
Me dit souvent ma mère,
De peur que j'y voie le reflet,
D'une petite sorcière me ressemblant trait pour trait,
Celle dont la bouche rouge vif chuchote,
Le secret qu'on veut me cacher !

Sarah Morgan Bryan PIATT

Prologue

Felicia Miller pleurait aux toilettes. Une fois de plus.

Je savais que c'était elle, car au cours des trois mois passés au collège Green-Mountain, je l'avais déjà vue pleurer à deux reprises. Elle possédait un sanglot très particulier : aigu et chevrotant comme celui d'une enfant, même si elle avait dix-huit ans, deux ans de plus que moi.

Je l'avais laissée tranquille, me disant que toutes les filles avaient le droit de pleurer de temps en temps dans les toilettes du collège. Mais cette fois, c'était le bal de fin d'année, et il y avait quelque chose de vraiment triste à sangloter dans une robe du soir. Par ailleurs, j'aimais bien Felicia. Dans les précédents collèges où j'avais été inscrite (dix-neuf au total), il y avait toujours eu une fille comme elle. Et même si je suis hors norme, les autres n'étaient pas méchants avec moi ; ils m'ignoraient. Alors que Felicia était le bouc émissaire de la classe. Pour elle, l'école n'avait été rien d'autre qu'un endroit où on lui avait constamment volé l'argent de son déjeuner et infligé une suite de remarques désagréables.

En regardant sous le battant, j'ai aperçu ses pieds chaussés de sandales jaunes à lanières et j'ai toqué doucement contre la paroi de bois :

– Felicia ? Qu'est-ce que tu as ?

Elle a ouvert la porte et m'a fusillée du regard, les yeux injectés de sang.

– Tu me demandes ce que j'ai, Sophie ? C'est le bal de fin d'année. Tu as vu passer mon cavalier ?

– Non. Mais tu es dans les toilettes des filles, donc je pens...

– Quoi ? a coupé Felicia. Qu'il m'attendait à l'extérieur ? Je t'en prie. J'ai menti à mes parents en leur disant que j'avais un cavalier, alors ils m'ont acheté cette robe. Je... je ne pouvais pas leur avouer que personne ne m'avait invitée au bal de fin d'année, cela leur aurait brisé le cœur. Tu me trouves pitoyable ?

– Non. Beaucoup de filles vont seules au bal.

Elle m'a lancé un regard noir.

– Et toi, tu as un cavalier ?

Oui, j'en avais un. C'était Ryan Hellerman, peut-être le seul du collège dont la cote d'impopularité dépassait la mienne. Et ma mère s'était réjouie qu'un garçon m'ait invitée. Elle pensait que je faisais enfin un effort pour m'intégrer. S'intégrer était très important à ses yeux.

J'ai regardé Felicia, plantée devant moi dans sa robe en taffetas jaune, et tandis qu'elle se mouchait, je lui ai déclaré sans réfléchir :

– Je peux t'aider.

– Comment ? a-t-elle demandé, les paupières gonflées.

J'ai passé mon bras sous le sien.

– Sortons d'ici.

Nous avons quitté les toilettes des filles et traversé la salle de gym bondée de collégiens en tenue de soirée. Felicia avait l'air inquiète tandis que je la guidais vers les doubles portes débouchant sur le parking.

– Si c'est une blague, j'ai une bombe au poivre sur moi, a-t-elle déclaré en serrant fermement son petit sac jaune.

– Détends-toi.

J'ai jeté un œil alentour afin de vérifier que les lieux étaient déserts. Même fin avril, l'air était frais et on frissonnait dans nos robes du soir.

– Très bien, lui ai-je dit. Si tu pouvais choisir ton cavalier, qui choisirais-tu ?

– Tu cherches à me torturer ?

– Réponds simplement à ma question.

Les yeux rivés sur ses sandales jaunes, elle a marmonné :

– Kevin Bridges.

Je n'étais pas surprise. Délégué au conseil d'administration, capitaine de l'équipe de football, beau mec, Kevin Bridges était convoité par presque toutes les autres filles.

– Bon, ai-je grommelé en faisant craquer les jointures de mes doigts. Donc, c'est Kevin.

Les mains levées vers le ciel, j'ai fermé les yeux et je me suis figuré Felicia dans les bras de Kevin, elle dans sa robe jaune, lui dans un smoking. Après quelques secondes de concentration, j'ai commencé à sentir un flux monter vers mes doigts, et mes cheveux se sont mis à flotter autour de mes épaules. Puis j'ai entendu le murmure stupéfait de Felicia.

Quand j'ai rouvert les yeux, un gros nuage sombre parcouru d'étincelles violettes tourbillonnait au-dessus de nous. J'ai continué à me concentrer et le nuage s'est mis à tourner plus vite jusqu'à former un cercle parfait avec un trou au milieu. Lors de mon douzième anniversaire, je l'avais baptisé le Beignet Magique.

Protégeant sa tête de ses bras, Felicia s'est baissée entre deux voitures. Mais il était trop tard pour arrêter le sortilège. Une lumière verte emplissait maintenant le centre du nuage.

Me focalisant sur cette lumière et sur l'image de Kevin et de Felicia, j'ai plié mes doigts et observé un éclair vert jaillir du nuage et déchirer le ciel avant de disparaître derrière des arbres. Quand le nuage s'est évanoui, Felicia a bredouillé d'une voix chevrotante :

– C'était quoi ? Tu es une sorcière ?

J'ai haussé les épaules, vibrant encore des forces que j'avais libérées et que ma mère appelait « potion magique ».

– Ce n'était rien. Viens, retournons à l'intérieur.

Quand nous sommes revenues, Ryan se trouvait près de la table où trônait un large récipient de punch.

– Qu'est-ce qu'elle a ? m'a-t-il demandé en faisant un signe de tête en direction de Felicia.

– Elle avait besoin de prendre l'air, lui ai-je répliqué en me servant un verre.

Mon cœur battait encore la chamade et mes mains tremblaient.

– Cool, a fait Ryan en dodelinant de la tête au rythme de la musique. Tu veux danser ?

Sans me laisser le temps de lui répondre, Felicia m'a prise par le bras et m'a entraînée à l'écart.

– Kevin n'est même pas là, a-t-elle dit. Ce que tu as fait dehors, c'était bien pour qu'il devienne mon cavalier ?

– Chut ! Patience. Dès qu'il arrivera, il te trouvera, fais-moi confiance.

Nous n'avons pas attendu longtemps.

Un fracas a résonné dans la salle de gym alors que je commençais à danser avec Ryan. En entendant une succession de sons ressemblant à des coups de feu, un groupe de jeunes a plongé sous la table. J'ai regardé le récipient de punch tomber par terre et éclabousser les danseurs.

En fait, il ne s'agissait pas de coups de feu, mais de ballons. Une arche composée de centaines de ballons s'était détachée et descendait vers le sol. L'un d'eux, blanc, ayant échappé au carnage, s'élevait vers les chevrons de la salle.

J'ai vu plusieurs professeurs courir en direction des doubles portes. Lesquelles avaient disparu car une Land Rover gris métallisé les avait percutées.

Kevin Bridges est descendu du véhicule. Il s'était entaillé le front, la main, et saignait sur le parquet rutilant en braillant :

– Felicia ! Felicia !

– Bon sang, a murmuré Ryan.

Caroline Reed, la cavalière de Kevin, s'est extirpée du siège du passager. Elle sanglotait.

– Il est dingue ! a-t-elle crié. Il était normal, puis il y a eu cette lumière et... et...

Caroline s'est mise à pleurer comme une hystérique.

– FELICIA ! a continué de hurler Kevin en la cherchant à travers la salle.

Elle s'était cachée sous une table et j'ai aperçu ses grands yeux écarquillés. *J'ai été prudente, cette fois,* me suis-je dit. *J'ai fait de gros progrès.*

Kevin l'a trouvée et l'a fait sortir de force de sa cachette.

– Felicia, a-t-il dit en souriant, le visage couvert de sang.

Il était terrifiant, et à la place de Felicia, moi aussi j'aurais hurlé.

L'un des chaperons, Henry, l'entraîneur de l'équipe de football, s'est rué sur Kevin et l'a saisi par le bras. Mais ce dernier, sans lâcher la main de Felicia, l'a frappé en pleine figure du revers de sa main libre, envoyant valser comme une plume l'entraîneur qui devait mesurer deux mètres et peser facilement cent kilos.

Puis tout a dégénéré.

Des gens se bousculaient en direction de la sortie, des profs tentaient de maîtriser Kevin, et les cris de Felicia grimpaient dans les aigus. Seul Ryan ne semblait pas dérouté.

– Cool ! s'est-il réjoui, tandis que deux filles escaladaient la Land Rover pour quitter les lieux. C'est le bal de Carrie !

Kevin tenait toujours la main de Felicia et s'était agenouillé devant elle. Il chantait. Felicia ne criait plus mais elle fouillait dans son sac à la recherche de quelque chose.

– Oh non, ai-je gémi en courant vers eux.

À mi-chemin, j'ai glissé et je me suis étalée dans le punch. Felicia a sorti sa bombe et en a vaporisé le contenu sur le visage de Kevin dont la chanson s'est noyée dans un cri de douleur. Il lui a lâché la main pour porter la sienne à ses yeux et Felicia a détalé.

– Ce n'est pas grave ! lui a-t-il lancé. Je n'ai pas besoin de mes prunelles pour te voir ! Je te vois avec mon cœur, Felicia ! Mon CŒUR !

Super. En plus d'être trop puissant, mon sortilège était également nul.

Au milieu du chaos, je me suis assise dans la flaque de punch. Un ballon blanc solitaire a atterri sur mon bras, et Mme Davison, ma prof d'algèbre, m'a dépassée en vociférant dans son téléphone portable :

– Non, le collège Green-Mountain ! Pardon ? Je ne sais pas, envoyez-nous une ambulance, un commando, *quelqu'un* !

Puis j'ai entendu :

– C'est à cause d'elle ! C'est à cause de Sophie Mercer !

Tremblant des pieds à la tête, Felicia me pointait du doigt. Et malgré le vacarme, ses paroles résonnaient à travers la salle.

– C'est... c'est une sorcière !

– Ça ne va pas recommencer ! ai-je soupiré.

1

– Tu viens ? a dit ma mère.

Je suis descendue de la voiture, accueillie par la chaleur torride du mois d'août. Nous étions dans l'État de Géorgie, au sud des États-Unis. J'ai fait glisser mes lunettes de soleil sur le sommet de ma tête. À cause de l'humidité, mes cheveux avaient triplé de volume, et j'ai eu l'impression qu'ils essayaient de dévorer mes lunettes comme une plante carnivore.

– Je me suis toujours demandé quel effet ça faisait de vivre dans la bouche de quelqu'un, ai-je marmonné.

Devant moi se dressait Hex Hall, également appelé le manoir d'Hécate, construit en 1854 et qui, d'après la brochure que ma main moite serrait, était « le premier centre d'éducation surveillée pour jeunes Prodigium ». *Prodigium* : un mot latin pour désigner les monstres de foire avec plus d'élégance. Car c'était ce que tout le monde était à Hécate. Y compris moi.

J'avais déjà lu quatre fois la brochure dans l'avion qui avait décollé du Vermont pour se rendre en Géorgie, deux fois à bord du ferry qui nous avait déposées sur l'île de Graymalkin, et une fois à l'intérieur de la voiture louée, pendant que les pneus crissaient sur le gravier et les coquillages de l'allée menant à l'établissement. Malgré cela, je n'ai pas pu m'empêcher de la relire : « L'objectif de notre centre est de protéger et d'instruire les jeunes fées, elfes, sorcières et sorciers, métamorphes qui ont pris le risque d'employer leurs facultés en public, mettant ainsi en péril toute la communauté des Prodigium. »

– Je ne comprends toujours pas pourquoi aider une amie à trouver un cavalier peut mettre d'autres sorcières en danger, ai-je déclaré à ma mère tandis qu'elle ouvrait le coffre du véhicule.

Je lui en avais déjà parlé dans l'avion, mais elle avait fait mine de dormir.

– Il ne s'agit pas seulement de cette fille, Soph, tu le sais parfaitement. Souviens-toi du garçon au bras cassé à Delaware, et de ce professeur à qui tu voulais faire oublier le résultat d'un examen en Arizona...

– Et alors ? Il a fini par retrouver la mémoire. Enfin, partiellement.

Maman a soupiré et a sorti la vieille malle achetée à l'Armée du salut.

– Avec ton père, nous t'avions prévenue qu'employer tes pouvoirs entraînerait des conséquences. Me séparer de toi ne m'enchante pas, mais au moins, ici, tu seras entourée de jeunes comme toi.

– Des nullités, tu veux dire.

Maman a retiré ses lunettes de soleil et m'a observée.

Son visage accusait la fatigue et aux commissures des lèvres, elle avait des rides que je n'avais jamais remarquées auparavant. Ma mère avait presque quarante ans mais d'habitude, elle en faisait dix de moins.

– Tu n'es pas nulle, Sophie. Tu as simplement commis quelques erreurs.

J'ai pris ma besace et je l'ai aidée à transporter la malle.

« Quelques erreurs. » Être une sorcière ne présentait pas que des avantages. Je n'avais jamais eu l'occasion de voler sur un balai. (Je m'en étais plainte à ma mère, mais elle m'avait rétorqué que je devais continuer à prendre le bus, comme tout le monde.) Je n'avais pas lu de grimoire ni eu de chat qui parle (je suis allergique aux poils), et je serais incapable de dénicher un œil de triton si on me demandait de préparer une potion.

Mais j'ai des pouvoirs magiques depuis mes douze ans, ce qui, d'après la brochure, correspond à l'âge où les pouvoirs des Prodigium se manifestent. Cela doit être lié à la puberté, je pense.

– Par ailleurs, c'est une bonne école, a repris ma mère en s'approchant de la bâtisse.

Cela ne ressemblait pas à une bonne école. Ça ressemblait à un croisement entre un vieux film d'horreur et un manoir hanté de Disney. Pour commencer, la bâtisse avait plus de deux cents ans. À une époque, le manoir avait dû être blanc, mais il était maintenant d'un gris pareil à celui de l'allée de gravier et de coquillages, se fondant dans le paysage comme un affleurement naturel de l'île.

Nous avons posé la malle au sol et ma mère a contourné l'édifice.

– Viens voir, m'a-t-elle lancé.

Je l'ai rejointe. Selon la brochure, au fil du temps, la structure d'origine d'Hécate s'était considérablement agrandie. En fait, l'arrière de la bâtisse de bois gris cédait la place à du stuc rose s'étendant jusqu'à la forêt.

Pour un rajout qui de toute évidence avait été effectué en employant la magie – aucune ligne, aucune trace n'indiquait la jointure des deux maisons –, on regrettait le manque flagrant d'élégance. Les deux parties semblaient avoir été collées ensemble par un fou.

Un fou ayant très mauvais goût.

Devant l'établissement, de grands chênes dégoulinants de lichen ombrageaient la bâtisse. Deux fougères poussiéreuses, semblables à des araignées vertes géantes, flanquaient l'entrée, et une sorte de lierre aux fleurs mauves tapissait un mur entier. C'était comme si la maison se laissait lentement engloutir par la forêt.

J'ai tiré sur l'ourlet de la jupe plissée de mon uniforme, une espèce de kilt, en me demandant pourquoi Hécate avait choisi des uniformes en laine alors que nous étions dans le Sud profond. J'ai regardé le manoir en réprimant un frisson. Comment pouvait-on contempler cette école sans soupçonner que les étudiants qui s'y trouvaient étaient bizarres ?

– Ça a du charme, a commenté maman d'un ton enjoué.

– Oui. C'est pas mal pour une prison.

Elle a secoué la tête.

– Arrête avec ton insolence d'adolescente, Soph. C'est loin d'être une prison.

C'était pourtant mon impression.

– Hécate est tout à fait ce qu'il te faut, a-t-elle ajouté.

Toujours le même refrain : « C'est pour ton bien. » Deux jours après le bal de fin d'année, mon père nous avait envoyé un mail pour nous dire que j'avais tout gâché et que le Conseil m'avait condamnée à rester à Hécate jusqu'à mes dix-huit ans.

Le Conseil – pas très original comme nom – est un groupe de gens âgés qui établissent les règles concernant les Prodigium. Mon père travaille avec eux et c'est comme ça qu'il a pu apprendre la mauvaise nouvelle. « J'espère qu'ils t'enseigneront à te servir de tes facultés avec plus de discrétion », avait-il écrit.

Je communique avec mon père uniquement par mail ou par téléphone. Ma mère et lui se sont séparés avant ma naissance. Il est sorti avec elle pendant un an avant de lui avouer qu'il était sorcier. Cette confidence a provoqué la colère de ma mère qui est repartie vivre chez ses parents. Mais quand elle a découvert qu'elle était enceinte de lui, elle a acheté des livres pour bébé ainsi qu'un exemplaire de l'*Encyclopédie de la sorcellerie*, au cas où. Si bien qu'à ma naissance, elle était presque devenue une experte des phénomènes surnaturels. Elle a attendu mon douzième anniversaire pour me laisser entrer en contact avec mon père. Mais elle lui vouait encore une rancœur tenace. D'après la brochure, l'île de Graymalkin avait été sélectionnée pour héberger le centre à cause de son emplacement isolé, permettant ainsi de préserver le secret. Les autochtones pensaient qu'il s'agissait d'une pension huppée.

Quand mon père m'avait annoncé que j'allais me retrouver à Hécate, j'avais essayé de me faire une raison. Vraiment. Je m'étais dit que j'allais enfin être entourée de gens comme moi, que je n'aurais plus besoin de cacher mes facultés. Que j'allais apprendre des super-sortilèges avec de vrais pros.

Mais lorsque le ferry s'était approché de l'île boisée qui allait devenir ma maison durant deux ans, j'avais commencé à avoir de sérieux doutes.

Parmi les élèves réunis sur la pelouse, une poignée de nouveaux arrivants déchargeaient les coffres des véhicules, soulevaient des valises. L'un d'eux possédait des bagages aussi esquintés que ma vieille malle, mais j'ai également vu quelques sacs Vuitton. Une fille aux cheveux noirs et au nez légèrement crochu devait avoir mon âge, les autres semblaient plus jeunes.

Je ne savais pas si c'étaient des sorciers ou des métamorphes, ça ne pouvait pas se deviner à leur apparence. En revanche, les fées étaient facilement identifiables. Plus grandes que la moyenne, elles affichaient un air digne et possédaient toutes des cheveux raides et brillants de différentes couleurs, allant du blond pâle au violet, ainsi que des ailes, bien sûr.

D'après ma mère, les fées se servaient de leur pouvoir de séduction pour se mêler aux humains. C'était compliqué, car elles étaient obligées d'altérer l'esprit de tous les humains qu'elles rencontraient pour que ces derniers les prennent pour leurs semblables et non pour des créatures ailées aux couleurs éblouissantes. Je me suis demandé si les fées qui avaient été envoyées à Hécate étaient soulagées. Ça devait être épuisant de passer son temps à manipuler autrui.

Je me suis arrêtée pour rajuster ma besace sur mon épaule.

– Au moins, tu seras en sûreté ici, a déclaré ma mère. C'est une bonne chose. Je n'aurai plus à me faire constamment du souci pour toi.

Ma mère craignait qu'on découvre mes facultés particulières. À force de lire des livres au sujet des différents moyens dont les sorcières avaient été éliminées à travers les siècles, elle était devenue légèrement paranoïaque.

Pendant que nous traversions la pelouse, je me suis mise à transpirer à des endroits inhabituels. Derrière les oreilles, par exemple. À mon agacement, comme toujours, quel que soit le climat, ma mère restait fraîche. Et malgré sa tenue simple – un jean et un tee-shirt – des têtes se sont tournées vers elle.

Où peut-être était-ce moi qu'on regardait tandis que j'essayais d'éponger la sueur qui dégoulinait le long de mes côtes.

À ma gauche, une fée aux cheveux bleus et aux ailes indigo sanglotait, agrippée à ses parents ailés dont les pieds ne touchaient pas le sol. J'ai vu des larmes cristallines couler non pas des yeux de la fille, mais de ses ailes, laissant une flaque céruléenne sous ses pieds.

Nous avons pénétré l'ombre des grands chênes et la température a baissé d'un degré. En arrivant devant les marches, un hurlement surnaturel a attiré notre attention. Nous nous sommes tournées vers le bruit et avons aperçu cette... cette *chose* grondant après deux adultes à l'air découragé. Ils ne semblaient pas effrayés ; simplement agacés.

Un loup-garou.

Peu importe ce que vous avez pu lire à propos des loups-garous, quand vous en avez un devant vous, c'est une tout autre expérience.

Déjà, il ne ressemblait pas à un loup. Ni à une personne. On aurait dit un gros chien sauvage dressé sur ses pattes de derrière. Son poil était brun clair et ses prunelles jaunes. Il était moins grand que l'homme qu'il menaçait de ses grognements.

– Arrête, Justin ! a crié celui-ci.

La dame qui l'accompagnait a renchéri d'une voix douce :

– Chéri, écoute ton père. C'est vraiment ridicule.

Elle avait une pointe d'accent du Sud et les cheveux de la même couleur que le pelage de Justin.

L'espace d'un instant, ce dernier a incliné la tête de côté, ressemblant davantage à un épagneul cocker qu'à un égorgeur. Cela m'a fait glousser. Et soudain, les yeux jaunes se sont rivés sur moi. Il a poussé un long hurlement et s'est rué dans ma direction.

2

J'ai entendu le couple crier un avertissement. Je cherchais désespérément un sort pour protéger ma gorge et bien sûr, tout ce que j'ai réussi à hurler au loup-garou, c'est :

– VILAIN CHIEN !

Du coin de l'œil, j'ai distingué un éclat bleuté à ma gauche. Soudain, le loup-garou s'est écrasé contre un mur invisible situé devant moi. Il a glapi et s'est effondré au sol. Son pelage et sa peau ont commencé à se rider puis il s'est métamorphosé en un garçon vêtu d'un blazer bleu et d'un pantalon beige. Ses parents se sont précipités vers lui tandis qu'il gémissait. Ma mère m'a rejointe en traînant la malle derrière elle.

– Mon Dieu ! s'est-elle écriée. Tu n'as rien, ma chérie ?

– Tout va bien, ai-je répondu en époussetant mon kilt.

– Tu sais, a dit quelqu'un à ma gauche, d'habitude, c'est plus efficace d'immobiliser un agresseur grâce au sort adéquat que de crier « vilain chien ».

Je me suis tournée vers la voix. Appuyé à un arbre, le

col déboutonné, la cravate dénouée, son blazer pendant au creux de son bras, un garçon m'observait, un sourire narquois aux lèvres.

– Tu es une sorcière ? a-t-il ajouté en passant la main dans ses boucles noires.

Tandis qu'il se rapprochait, j'ai remarqué qu'il était très mince et plus grand que moi.

– Enfin, du moins, tu le deviendras peut-être un jour, m'a-t-il lancé. Si tu fais un effort pour t'améliorer.

Et il est reparti d'un pas nonchalant.

Entre l'agression de Justin et les réflexions méprisantes d'un garçon moins beau qu'il ne se l'imaginait, je commençais à en avoir ma claque.

J'ai jeté un œil pour voir si ma mère me regardait, mais elle parlait aux parents du loup-garou et était en train de demander : « Il s'apprêtait à la mordre ? »

– Alors je suis une sorcière nulle ? ai-je grommelé entre mes dents tout en regardant l'échalas s'éloigner.

Les mains levées, j'ai songé au pire des mauvais sorts, incluant du pus, une haleine pestilentielle et plusieurs dysfonctionnements embarrassants.

Il ne s'est rien produit.

Je n'ai senti aucun flux me traverser, aucune accélération du rythme de mon cœur, aucun cheveu se dresser.

Je suis restée plantée là, comme une idiote, les doigts pointés vers lui.

Que se passait-il ? D'habitude, mes sortilèges fonctionnaient.

– Ça suffit, a dit une voix onctueuse comme du sirop de sucre de canne.

J'ai pivoté vers le perron, où une dame vêtue d'un tailleur bleu se tenait entre les fougères. Me désignant de son index, elle souriait, mais du sourire d'une poupée effrayante.

– Nous n'employons pas nos pouvoirs contre d'autres Prodigium, ici, a-t-elle prévenu d'une voix douce, musicale, marquée par l'accent du Sud. (En fait, si la maison avait pu parler, elle aurait eu la voix de cette femme. Elle s'est tournée vers le garçon aux boucles brunes.) Cette jeune fille est nouvelle, Archer. Vous ne lui montrez pas l'exemple en attaquant un autre élève.

– J'aurais dû le laisser la dévorer ? a-t-il répondu, sarcastique.

– La magie n'est pas une solution pour tout, a-t-elle répliqué.

– Archer ? ai-je demandé en haussant les sourcils. Et ton nom de famille, c'est quoi ? Newport ? Vanderbuilt ? Suivi de chiffres romains ?

J'espérais le vexer ou le mettre en colère, mais il a continué à sourire.

– Archer Cross, a-t-il dit. Et je suis le premier. Et toi ? Voyons... Cheveux châtains, taches de rousseur, quelconque. Tu as une tête à t'appeler Allie ou Lacie, un prénom bien féminin finissant par *ie*.

Panne de repartie. Naturellement, ma mère a choisi ce moment pour crier :

– Sophie ! Je t'attends.

– J'en étais sûr ! s'est exclamé Archer en riant. À plus, Sophie.

Et il a disparu à l'intérieur de la bâtisse.

J'ai regardé la dame. Elle avait la cinquantaine et un chignon blond foncé très élaboré. Devant son port impérial et son tailleur bleu roi, je me suis dit qu'elle devait être la directrice d'Hécate, Mme Anastasia Casnoff. Un nom pareil ne s'oubliait pas.

C'était bien elle. Ma mère lui a serré la main.

– Grace Mercer. Et voici Sophia.

– So-fi-yeua, a articulé lentement Mme Casnoff, transformant, avec son accent, mon prénom en entrée qui aurait pu figurer au menu d'un restaurant chinois.

– En général, on m'appelle simplement Sophie, ai-je dit.

– Vous n'êtes pas de Géorgie ? a-t-elle demandé à ma mère tout en se dirigeant vers l'entrée.

– Non, a rétorqué ma mère en changeant mon sac de marin d'épaule.

– Ma mère est du Tennessee, mais la Géorgie fait partie des quelques États dans lesquels nous n'avons pas habité. Nous avons souvent déménagé.

Pas moins de dix-neuf États en seize ans. Nous sommes restées quatre ans dans l'Indiana – un record de durée. Là où nous n'avons pas fait long feu, c'est dans le Montana. Nous y avons passé deux semaines il y a trois ans.

– Je vois, fit Mme Casnoff. Et quelle est votre profession, madame Mercer ?

– *Mademoiselle*, a précisé ma mère d'un ton un peu trop ferme, avant de se mordre la lèvre et de rabattre une mèche invisible derrière son oreille. Je suis professeur. J'enseigne principalement la mythologie et le folklore.

Je les ai suivies tandis qu'elles gravissaient les marches imposantes et entraient dans le manoir.

À l'intérieur, il faisait frais, ce qui signifiait qu'ils avaient mis au point un sortilège pour la climatisation. Et ça sentait la cire, le bois et une odeur de vieux livres comme dans une bibliothèque. Un vilain papier peint bordeaux recouvrait les murs, et la ligne de démarcation de la partie rajoutée composée de stuc demeurait invisible.

L'entrée débouchait sur un grand hall dominé par un escalier en spirale en acajou que rien ne soutenait. Derrière l'escalier, un vitrail commençant au premier étage s'élevait jusqu'au plafond. Le soleil de fin d'après-midi qui filtrait à travers projetait des motifs géométriques colorés dans le hall.

– Impressionnant, n'est-ce pas ? a dit Mme Casnoff avec un sourire. Cela dépeint les origines des Prodigium.

Le vitrail présentait un ange en colère entre des portes dorées. D'une main, il tenait une épée noire. De l'autre, il désignait un groupe de trois personnages pour leur faire signe – angéliquement, bien sûr – de s'éloigner. Les trois personnages étaient également des anges et avaient tous l'air accablés. L'un d'eux, une créature aux longs cheveux roux, enfouissait même son visage entre ses mains. Ce qui semblait être une épaisse chaîne en or pendant à son cou était en fait une série de petits personnages se donnant la main. L'ange situé à gauche portait une couronne de feuilles et jetait un coup d'œil par-dessus son épaule. Celui du centre – le plus grand – bombait le torse en regardant droit devant lui.

– C'est... surprenant, ai-je fini par répondre.

– Connaissez-vous l'histoire des Prodigium, Sophia ? m'a demandé Mme Casnoff.

J'ai secoué la tête. En souriant, elle a pointé du doigt l'ange menaçant derrière les portes dorées.

– Après la guerre entre Dieu et Lucifer, les anges qui ont refusé de choisir un camp ont été chassés du paradis. Certains ont alors décidé d'aller se cacher dans les cavernes des collines et sont devenus des elfes. D'autres ont préféré aller habiter au fin fond des forêts, parmi les animaux, et sont devenus des métamorphes. D'autres encore ont choisi de se mêler aux humains et sont devenus des sorciers.

En entendant ma mère pousser un soupir admiratif, je me suis tournée vers elle et je lui ai lancé :

– Bonne chance pour expliquer à Dieu les fessées infligées à l'une de ses créatures divines.

– Sophie ! a dit ma mère avec un rire gêné.

– Quoi ? J'ai bien reçu des fessées. J'espère que tu apprécies les températures élevées des flammes, maman.

Malgré ses efforts visibles, elle n'a pas réussi à réprimer un nouveau rire.

Les sourcils froncés, Mme Casnoff s'est éclairci la gorge et a continué la visite.

– Les élèves du centre ont entre douze et dix-sept ans. Quand un adolescent a été condamné à venir ici, il doit y rester jusqu'à ses dix-huit ans.

– Donc certains peuvent y passer six mois et d'autres six ans ? me suis-je enquise.

– Exactement. La plupart de nos élèves arrivent souvent à Hécate quand ils viennent de découvrir leurs pouvoirs. Mais il y a des exceptions, comme vous, Sophia.

– Quelle chance, ai-je marmonné.

– Comment sont répartis les élèves dans les classes ? a questionné ma mère.

– D'après le modèle de Prentiss, Mayfair et Gervaudan, a répondu Mme Casnoff.

Nous l'avons regardée en hochant la tête, comme si nous savions à quoi elle faisait référence, mais elle a quand même précisé :

– Les premiers internats pour sorcières, elfes, fées et métamorphes. Les classes sont constituées selon l'âge des élèves et leurs difficultés à s'intégrer dans le monde des humains. Le programme nécessite parfois un dépassement de soi, mais je suis sûre que Sophia saura se montrer à la hauteur.

Ses encouragements ressemblaient surtout à une menace.

– Les chambres des filles se trouvent au deuxième étage. Celles des garçons au premier. Les cours ont lieu ici, au rez-de-chaussée.

Du doigt, elle désignait les deux couloirs situés de chaque côté de l'escalier. Avec son tailleur bleu, elle ressemblait à une hôtesse de l'air et je m'attendais à l'entendre annoncer qu'en cas d'urgence, mon blazer Hécate pouvait servir de gilet de sauvetage. Ma mère a demandé :

– Les élèves sont-ils séparés ou regroupés en fonction de leur... de leur...

– De leurs particularités ? a répondu Mme Casnoff. Non, bien sûr que non. L'un de nos principes fondateurs est de leur enseigner à coexister avec chaque race de Prodigium.

Elle nous a entraînées à l'autre bout du hall. Là, trois fenêtres s'élevaient jusqu'au deuxième étage et donnaient sur une cour où, à l'ombre de chênes, des jeunes étaient assis sur des bancs de pierre. Ils ressemblaient tous à des adolescents normaux, hormis les fées, bien entendu.

J'étais en train d'observer une fille qui s'esclaffait en tendant un tube de rouge à lèvres à sa copine quand j'ai senti un courant d'air froid me frôler le bras. J'ai fait un bond. Une femme pâle vêtue de bleu m'a dépassée.

– Isabelle Fortenay est l'une de nos résidentes, a expliqué Mme Casnoff. Comme vous l'avez certainement lu, Hécate héberge de nombreux esprits – tous des fantômes de Prodigium. Rassurez-vous, ils sont inoffensifs. Ils ne peuvent pas nous toucher, mais simplement nous faire peur.

– Super, ai-je dit en regardant Isabelle disparaître dans le mur.

Puis, du coin de l'œil, j'ai aperçu un mouvement et je me suis tournée vers un fantôme qui se tenait au pied de l'escalier. C'était une fille de mon âge, vêtue d'un gilet vert vif et d'une robe à fleurs. Contrairement à Isabelle, qui ne m'avait prêté aucune attention, cette fille me scrutait.

– Mademoiselle Talbot ! a crié Mme Casnoff à quelqu'un qui traversait le hall.

Une adolescente de petite taille, avec une peau presque aussi blanche que ses cheveux striés d'une mèche rose, s'est approchée de nous. Elle portait des lunettes aux montures noires et larges. Et malgré tout cela, elle souriait. D'un sourire poli, néanmoins, car elle avait l'air de s'ennuyer.

– Mademoiselle Mercer, je vous présente Jennifer Talbot, avec laquelle vous allez partager votre chambre. Jennifer, voici So-fi-yeua.

– Sophie, ai-je dit.

– Et moi, c'est Jenna, a répondu Jennifer.

Mme Casnoff a pris un air pincé.

– Les enfants d'aujourd'hui sont vraiment étranges. On a beau leur donner des prénoms charmants, elles sont déterminées à les modifier à la première occasion. Quoi qu'il en soit, mademoiselle Mercer, comme vous, Mlle Talbot n'est pas une ancienne élève. Elle nous a rejoints l'année dernière.

Ma mère s'est illuminée et a serré la main de Jenna.

– Enchantée. Vous êtes une... sorcière, comme Sophie ?

– Maman ! ai-je chuchoté.

Mais Jenna a répliqué :

– Non, madame. Un vampire.

Ma mère s'est raidie. Et je comprenais son effroi. Les sorcières, les fées, les elfes et les métamorphes n'avaient rien à voir avec ces monstres assoiffés de sang qu'étaient les vampires.

– J'ignorais que les vampires étaient acceptés à Hécate, a déclaré ma mère.

– C'est récent, a précisé Mme Casnoff en caressant la tête d'une Jenna crispée. Nous avons décidé d'accueillir chaque année quelques jeunes vampires afin de leur offrir la possibilité d'étudier parmi les Prodigium, et en espérant rééduquer ces infortunés.

« Infortunés ». J'ai jeté un œil apitoyé sur Jenna.

– Mlle Talbot est hélas notre seule élève vampire, a poursuivi Mme Casnoff. Bien que nous en ayons un parmi nos professeurs.

Après un silence embarrassant, ma mère a dit :

– Sophie, demande à...

Elle a regardé ma camarade de chambre d'un air perplexe.

– Jenna, ai-je répondu.

– C'est ça. Demande-lui de t'accompagner à ta chambre. J'ai quelques questions à poser à la directrice et ensuite je viendrai te dire au revoir, d'accord ?

J'ai observé Jenna qui souriait d'un air absent. J'ai changé ma besace d'épaule et je me suis penchée vers la malle.

– Non, tu n'es pas obligée de m'aider, ai-je protesté tandis qu'elle saisissait l'autre poignée.

– Pas de problème. Le seul avantage à ma condition de vampire, c'est la force dans les bras.

– Il n'y a pas d'ascenseur, j'imagine ? ai-je demandé.

– Non, ce serait trop pratique.

– Ils pourraient trouver un sortilège pour que les bagages se déplacent tout seuls.

– Mme Casnoff ne veut pas qu'on emploie la magie par fainéantise. Apparemment, porter des valises en grimpant les marches forge le caractère.

Après avoir dépassé le premier étage, Jenna a questionné :

– Tu la trouves comment ?

– Mme Casnoff ?

– Oui.

– Elle a un sacré chignon.

– Sa coiffure est carrément épique, a renchéri Jenna avec un sourire.

Elle avait l'accent du Sud, mais très légèrement, ce qui était joli.

– À propos de cheveux, ai-je dit en arrivant au deuxième étage, comment se fait-il qu'ils acceptent ta mèche rose ?

– Ils se fichent de la pauvre petite élève boursière vampire. Tant que je ne croque pas mes camarades, j'ai le droit de me teindre les cheveux de n'importe quelle couleur. Si tu veux, je peux t'en faire une. Pas rose, mais violet par exemple ?

– On verra.

Nous nous sommes arrêtées devant la chambre 312. Jenna a sorti des clés accrochées à un cordon jaune sur lequel son nom était imprimé en rose vif.

– Bienvenue dans la Quatrième Dimension, a-t-elle dit en ouvrant la porte.

3

En fait, c'était plutôt la Dimension Rose. J'avais imaginé que la couleur noire serait dominante dans la chambre d'un vampire et qu'on y verrait des livres de Camus, ainsi qu'un portrait touchant du seul humain aimé par le vampire, un humain mort de quelque chose de beau et de tragique, condamnant le vampire à une éternité de sanglots et de soupirs romantiques. Je sais, je lis beaucoup de romans.

Or cette pièce semblait avoir été décorée par l'enfant impie d'une poupée Barbie et d'un gâteau à la crème et aux fraises. Elle contenait deux lits jumeaux, deux tables et deux commodes. Les rideaux étaient beiges mais Jenna avait accroché une longue écharpe fuchsia à la tringle. Un paravent chinois séparait les deux tables et portait également l'empreinte de Jenna qui avait peint les montants de bois en rose, bien sûr, et y avait ajouté des guirlandes clignotantes de la même couleur. Finalement, j'ai scruté la fourrure synthétique framboise qui recouvrait son lit.

– Ça te plaît ? a demandé Jenna.

– Je... je ne connaissais pas cette teinte de rose.

Jenna a retiré ses mocassins et s'est vautrée sur son lit, repoussant deux coussins à paillettes et un ours en peluche miteux.

– Ça s'appelle framboise électrique, a-t-elle répondu.

J'ai souri et rapproché la malle de mon lit, laquelle semblait aussi banale que... que moi à côté de Jenna.

– Ta précédente camarade de chambre aimait aussi le rose ? ai-je questionné.

Le visage de Jenna s'est figé un instant. Puis elle s'est penchée pour ramasser l'ours et les coussins qui gisaient au sol.

– Non. Holly avait gardé le couvre-lit bleu qu'ils te donnent si tu n'as pas le tien. Tu en as apporté un, j'espère ?

J'ai ouvert la malle et sorti mon couvre-lit vert menthe. Jenna paraissait déçue.

– Enfin, a-t-elle soupiré. C'est toujours mieux que le bleu des uniformes. Alors, qu'est-ce qui t'amène à Hécate, Sophie Mercer ? Tu as fait pleuvoir des crapauds ? Tu as transformé un garçon en triton ?

– J'ai jeté un sort pour une fille dans ma classe. Ça s'est mal passé.

– Ça n'a pas marché ?

– Si, trop bien, ai-je répliqué, et je lui ai raconté le fiasco entre Felicia et Kevin.

– Tu n'y es pas allée de main morte, a-t-elle commenté après mon récit.

– Apparemment pas. Et toi, tu... tu es un vampire. Comment ça t'est arrivé ?

Elle a évité mon regard et répondu d'un ton calme :

– Comme aux autres : j'ai rencontré un vampire, je me suis fait mordre. Ce n'est pas très intéressant.

Je comprenais qu'elle n'ait pas envie de raconter cela à quelqu'un qu'elle ne connaissait que depuis un quart d'heure.

– Et ta mère ? a-t-elle demandé. Elle est normale ?

Hum. Ce n'était pas quelque chose dont j'avais envie de parler dès mon arrivée, mais échanger de noirs secrets, du maquillage et des vêtements avec sa colocataire semblait faire partie de ce qu'il fallait accomplir pour s'intégrer aux autres.

Je me suis éclairci la gorge.

– Oui. C'est mon père qui est sorcier, mais il n'est plus avec elle.

Jenna a hoché la tête.

– Beaucoup de jeunes ici viennent de parents divorcés. De toute évidence, il ne faut pas compter sur la sorcellerie pour garantir une union sereine.

– Tes parents sont divorcés ?

Après s'être emparée d'un flacon de vernis à ongles posé sur la table de chevet, elle a rétorqué :

– Non, ils sont tellement heureux ensemble que ça m'écœure. Enfin, je pense qu'ils le sont toujours. Je ne les ai pas vus depuis ma métamorphose.

– C'est dur.

J'ai recouvert le matelas nu avec un drap-housse m'appartenant, fait mon lit et demandé :

– Puisque tu es un vampire, est-ce qu'il faut que je fasse attention en ouvrant les rideaux le matin ?

– Non. Tu vois ceci ?

Elle m'a montré un collier auquel était accroché un petit pendentif rouge et ovale. Quelqu'un d'autre aurait pensé qu'il s'agissait d'un rubis. Moi non : j'avais consulté les livres de ma mère.

– C'est une pierre de sang, ai-je dit.

Translucides, ces pierres contenaient le sang d'un sorcier ou d'une sorcière dotés de puissants pouvoirs. Elles permettaient de se protéger de beaucoup de choses. Dans le cas de Jenna, cela réduisait à néant ses problèmes de vampire, ce qui était un soulagement. Au moins, je savais que je pouvais manger de l'ail devant elle.

– Et pour t'alimenter, tu fais comment ? ai-je questionné tandis qu'elle se vernissait les ongles de la main gauche.

– C'est la honte, a-t-elle soupiré. Je suis obligée d'aller à l'infirmerie. Là-bas, il y a un mini-réfrigérateur qui contient des poches d'hémoglobine comme celles de la Croix-Rouge.

J'ai réprimé un frisson. La vue du sang m'a toujours répugnée. Je ne pourrais jamais avoir un petit ami vampire.

– Ou comme celles de jus d'oranges sanguines, ai-je lancé, m'efforçant de sourire pour masquer mon dégoût.

Jenna a ri. Après un moment, elle a demandé :

– La séparation de tes parents, c'était moche ?

– Ils se sont quittés avant ma naissance.

Elle a levé le nez de ses ongles.

– Non ? !

J'ai marché jusqu'à ma table. Quelqu'un, Mme Casnoff sans doute, y avait laissé l'emploi du temps de mes cours. Ça paraissait identique à ceux des autres collèges, mais on pouvait y lire des trucs comme : « L-V, 9 h 15-10 h 00, *Évolution de la magie*, salon jaune. »

– Oui. Ma mère n'aime pas trop en parler. Quoi qu'il en soit, elle n'a pas voulu que mon père me voie.

– Donc tu n'as jamais rencontré ton père ?

– J'ai vu une photo de lui. Je lui ai parlé au téléphone et je lui envoie des mails.

– Eh ben. Je me demande ce qu'il a pu lui faire. Est-ce qu'il l'a frappée ?

– Je n'en sais rien ! ai-je soudain aboyé.

– Désolée, a murmuré Jenna.

Je suis retournée vers le lit et j'ai commencé à lisser ma couette. Pendant ce temps-là, en silence, Jenna rajoutait des couches de vernis sur le même ongle.

– Je ne voulais pas me fâcher, ai-je expliqué.

– Ce n'est pas grave. De toute façon, ça ne me regarde pas.

Mais entre nous, le sentiment reposant d'amitié avait totalement disparu.

– Ne le prends pas mal, ai-je dit. J'ai toujours vécu avec ma mère et je n'ai pas l'habitude de raconter ma vie. Ce n'était pas son genre non plus. Vous vous faisiez beaucoup de confidences, toi et ta précédente camarade de chambre ?

Une ombre est passée de nouveau sur son visage. D'un geste brusque, elle a rebouché le flacon de vernis et l'a rangé dans le tiroir de sa table de chevet.

– Non, a-t-elle murmuré. Aucune. À plus tard, a-t-elle ajouté en se levant.

En partant, elle a failli bousculer ma mère puis elle s'est éloignée en marmonnant une excuse.

– Soph ! Ne me dis pas que tu t'es déjà disputée avec Jenna ? a questionné ma mère en se laissant choir sur mon lit.

– Je ne sais pas. J'ai du mal à faire ce que font les autres filles pour se lier d'amitié. La dernière amie que j'ai eue, c'était en sixième. C'est difficile quand on ne reste jamais plus de six mois au même... Maman, non, arrête, je ne veux pas te faire de peine.

– Non, ce n'est rien, a-t-elle menti en essuyant ses larmes. Je regrette simplement que tu n'aies pas pu avoir une enfance plus normale.

Je me suis assise et je l'ai étreinte.

– Ne dis pas ça. J'ai eu une enfance géniale. Combien de personnes peuvent se vanter d'avoir vécu dans dix-neuf États américains ? J'ai vu plein de choses !

Ce n'était pas ce qu'il fallait dire. Elle a paru encore plus triste.

– Et cet endroit est super ! ai-je repris. J'ai une chambre extrêmement rose, et Jenna et moi sommes déjà suffisamment proches pour nous disputer – ce qui fait partie des étapes incontournables de l'amitié, il me semble ?

Mission accomplie. Ma mère a enfin souri.

– Tu es vraiment contente, ma chérie ? Tu n'es pas obligée de rester, tu sais. Je suis sûre que nous pouvons trouver une solution pour te faire sortir d'ici.

J'ai failli répondre : « Oui, partons. Prenons le dernier ferry et quittons ce musée des horreurs. » À la place, j'ai bêtement répliqué :

– Écoute, ce n'est pas pour toujours. Seulement deux ans. Et j'ai des vacances à Noël et pendant l'été. Ça va aller, je vais m'adapter. Pars avant de me faire pleurer comme une lavette et de me ridiculiser.

Mais les yeux brillants de larmes, ma mère m'a serrée contre elle.

– Je t'aime, Soph.

– Moi aussi, ai-je balbutié, la gorge nouée.

Et après m'avoir fait promettre de l'appeler trois fois par semaine, elle est sortie.

Je me suis allongée sur mon lit qui n'était pas rose et j'ai pleuré comme une lavette.

4

Quand j'ai séché mes larmes, il me restait une heure avant le dîner. J'ai décidé d'explorer les lieux. J'avais ouvert les deux portes de notre chambre, espérant y découvrir des salles de bains séparées. À ma déception, il s'agissait de placards.

L'unique salle de bains de l'étage se trouvait au bout du couloir, et, comme le reste du manoir, était sinistre. La lumière provenait d'ampoules électriques de faible puissance entourant un grand miroir accroché au-dessus d'une série de lavabos. Ce qui signifiait que les cabines de douche, au fond, étaient plongées dans la pénombre. En les examinant, j'ai réalisé que je n'avais jamais eu de véritable raison d'employer le mot « moisi » avant cela. Et j'avais oublié d'apporter des claquettes en caoutchouc.

En plus des douches moisies, quelques baignoires aux pieds griffus trônaient le long d'un mur, séparées par des paravents arrivant à la taille. Je me suis demandé qui oserait prendre un bain devant d'autres gens.

Au risque d'attraper toutes sortes de maladies contagieuses, j'ai marché jusqu'aux lavabos et je me suis aspergé le visage d'eau froide. En me regardant dans la glace, j'ai constaté que cela ne changeait pas grand-chose. Mes paupières demeuraient gonflées, mes joues rouge pivoine, ce qui faisait ressortir davantage mes taches de rousseur.

Comme si cela pouvait améliorer mon reflet dans la glace, j'ai secoué la tête. Ça n'a pas marché. J'ai poussé un soupir et je suis partie explorer le reste du manoir.

Hormis le chahut habituel qui se produit quand on met ensemble une cinquantaine de filles, il ne se passait rien d'intéressant à mon étage. Quatre couloirs se trouvaient autour de l'escalier, deux à sa droite et deux à sa gauche. Le palier était si grand qu'il avait été aménagé en salon au mobilier dépareillé composé de deux canapés et de plusieurs fauteuils élimés.

La fée que j'avais repérée plus tôt, celle aux larmes bleues, semblait remise de ses émotions. Étalée sur un canapé chartreuse, elle riait avec une de ses semblables dont les ailes vertes s'animaient doucement. J'avais cru que les ailes des fées étaient comme celles des papillons, mais en fait elles étaient plus minces et plus translucides, laissant apparaître des veines.

C'étaient les seules fées présentes. Un groupe de gamines d'une douzaine d'années occupait l'autre canapé. Elles chuchotaient entre elles et je n'aurais su dire s'il s'agissait de sorcières ou de métamorphes.

Installée dans un fauteuil bergère, une télécommande à la main, une brune que j'avais aperçue plus tôt sur la pelouse faisait défiler les chaînes d'un téléviseur posé sur un cube contenant des livres.

La fée aux ailes vertes se tourna vers elle et lui lança :

– Tu peux arrêter ce vacarme, face de chien ? On ne s'entend plus parler.

Le groupe de gamines n'ayant pas réagi, j'en ai déduit qu'il s'agissait de sorcières : des métamorphes se seraient senties insultées.

La fée bleue s'est esclaffée quand la brune s'est levée et a éteint le téléviseur.

– Je m'appelle Taylor, a dit cette dernière en lançant la télécommande sur la fée verte. *Taylor*. Et je ne me métamorphose pas en chien, mais en puma. Si on doit cohabiter pendant plusieurs années, tâche de t'en rappeler, Nausicaa.

Nausicaa a roulé les yeux en battant doucement des ailes.

– On ne va pas vivre longtemps ensemble, je te le garantis, a-t-elle répliqué. Mon oncle est le roi du tribunal Seelie, et dès que je lui aurai expliqué que je partage ma chambre avec une métamorphe, il me fera changer de colocataire.

– Si ton oncle n'a pas pu t'épargner de te retrouver ici, il ne doit pas avoir tant de pouvoir que cela, a riposté Taylor.

Les ailes de Nausicaa se sont mises à battre plus vite.

– Je refuse de vivre avec une métamorphe. Je ne tiens pas à changer ta litière.

La fée bleue a gloussé et Taylor s'est empourprée. Ses yeux bruns ont pris une couleur dorée.

– Tais-toi ! a-t-elle bougonné, comme si elle parlait la bouche pleine de billes. Va serrer un arbre dans tes bras ou autre chose, espèce d'anomalie de la nature.

C'est alors que j'ai vu que ce n'étaient pas des billes qu'elle avait dans la bouche, mais des crocs.

Nausicaa a eu le bon réflexe. D'un air effaré, elle s'est tournée vers la fée bleue et a dit :

– Viens, Siobhan. Laissons cet animal se calmer.

Elles se sont levées, m'ont dépassée et ont descendu l'escalier.

Je me suis tournée vers Taylor, qui reprenait son souffle, les yeux fermés. Après un moment, elle a frissonné et ses paupières se sont ouvertes, révélant deux prunelles noires. Puis elle a levé la tête et m'a remarquée.

– Les fées... a-t-elle commenté avec un rire nerveux.

– Oui, ai-je approuvé, comme si j'en avais déjà vu une avant aujourd'hui.

– C'est ton premier jour au manoir ?

J'ai acquiescé.

– Je m'appelle Taylor. Métamorphe, de toute évidence.

– Sophie. Sorcière.

Taylor s'est agenouillée sur le canapé des fées et a croisé les bras sur le dossier. Elle m'a sondée de son regard sombre.

– Qu'est-ce que tu as fait pour atterrir ici ?

J'ai jeté un œil alentour. Personne ne nous observait.

– Un sortilège amoureux qui a mal tourné, ai-je répondu à voix basse.

Taylor a hoché la tête.

– Beaucoup de sorcières sont ici pour des problèmes de ce genre.

– Et toi ? ai-je hasardé.

Elle a chassé les mèches de ses yeux sombres.

– À cause de ce dont tu viens d'être témoin. Un problème de contrôle de soi. Durant la répétition d'une fanfare de filles, je me suis changée en puma. Mais ce n'est rien en comparaison des crimes des autres. Il y a ce loup-garou, Beth, a-t-elle chuchoté. Elle a dévoré une adolescente. Mais j'aimerais mieux l'avoir comme colocataire que vivre avec cette tête à claques de fée. Et toi, tu es avec quoi ?

Je n'ai pas aimé le « quoi ».

– Jenna Talbot.

Ses yeux se sont écarquillés.

– Non ?! Le vampire ? Ma pauvre. Jenna est encore pire que les fées.

– Elle est plus sympa que tu ne le penses.

Taylor a haussé les épaules et ramassé la télécommande qu'elle avait jetée sur Nausicaa.

– Puisque tu le dis, a-t-elle déclaré en rallumant la télé.

Apparemment, notre conversation était terminée, et je me suis donc dirigée vers le premier étage. C'était un monde de garçons et je ne pouvais donc pas vraiment explorer les lieux. Leur coin salon était identique au nôtre, sauf que les meubles étaient en plus mauvais état. Le rembourrage s'échappait d'un des divans et une table basse penchait sur un pied cassé. Les lieux étaient déserts. En jetant un œil dans le couloir, j'ai aperçu Justin qui essayait de pousser un coffre presque aussi grand que lui dans sa chambre. Il a marqué une pause, les épaules affaissées. Il m'a presque fait pitié. Puis il s'est tourné, m'a vue, et a grondé.

J'ai dévalé l'escalier jusqu'au rez-de-chaussée. En bas, le hall était calme. Seules quelques personnes flânaient, dont un grand type à la carrure de joueur de foot. Sans doute le frère aîné d'un élève, vu qu'il semblait trop vieux pour être à Hécate et qu'il portait un jean et non un uniforme.

Je me suis alors engagée dans un couloir, où un épais tapis d'Orient aux motifs rouge et or a assourdi mon pas, tout en jetant un œil à l'intérieur de la première pièce située sur mon passage, sans doute une ancienne salle à manger. Au fond, une paroi vitrée offrait une vue magnifique sur l'extérieur. La pièce surplombait un étang avec un ponton et une cabane. Le plus frappant, c'était la verdure. L'herbe, les arbres, l'épais manteau d'algues de l'étang sur lequel je ne m'imaginais pas suivre des cours de canoë ou d'autre chose au cas où cela aurait été au programme. Je n'avais jamais vu de verts aussi lumineux et aveuglants. Même les nuages menaçants qui s'enflaient semblaient teintés de vert.

Sous mes pieds, la texture de la moquette ressemblait à de la mousse ou à des champignons spongieux. Des photos tapissaient les trois autres murs. Chacune présentait un groupe de Prodigium devant le manoir. Aucune fée n'y figurait. À la base de chaque cadre, une petite plaque en or gravé indiquait une année. Le plus ancien cliché datait de 1903 et le plus récent remontait à l'année dernière. Les six adultes qui posaient sur la première photo étaient tous inquiétants, le genre à donner des coups de pied aux chats pour s'amuser. Les premiers adolescents Prodigium apparaissaient à partir de 1967 – date à laquelle le manoir était devenu un centre d'éducation surveillée ? Et le cas échéant, quelle était sa fonction auparavant ?

J'ai dénombré une centaine d'élèves sur le cliché de l'année précédente. Ils avaient l'air assez détendus. J'ai repéré Jenna, debout, à côté d'une fille plus grande d'elle, chacune avec un bras passé autour des épaules de l'autre. Était-ce la mystérieuse Holly ?

Sincèrement, je me suis sentie un peu jalouse. Impossible de m'imaginer proche d'une amie au point de passer mon bras autour d'elle. Sur mes photos d'école, on me voit toujours seule, au fond, avec des cheveux dans la figure.

Jenna avait réagi bizarrement en m'entendant mentionner son ancienne camarade de chambre. Pourquoi ? Parce que je prenais sa place ?

– Sophia ? m'a fait sursauter une voix.

Je me suis retournée. Trois beautés se tenaient devant moi. J'ai cligné des yeux. Non, en fait, elles n'étaient pas toutes si belles que ça. Celle du milieu était étonnante. Une cascade de boucles rousses descendait jusqu'à sa taille. Elle n'avait probablement même pas besoin de gel coiffant. Je suis sûre qu'elle se réveillait comme dans les publicités pour les masques capillaires, avec des mésanges voletant autour de sa tête et des ratons laveurs lui apportant son petit déjeuner. Par ailleurs, elle n'avait pas de taches de rousseur – une raison suffisante pour se rendre aussitôt haïssable à mes yeux.

À ses côtés, se tenait une blonde aux cheveux raides et aux prunelles bleues, bronzée, genre Californienne, mais quand elle m'a souri, j'ai remarqué que ses dents avançaient et qu'elle avait les yeux trop rapprochés. La troisième, une Afro-Américaine, était encore plus petite que moi. Elle était plus jolie que la blonde, mais moins que la déesse rousse. Toutefois, tandis que je les regardais, mes yeux cherchaient à éviter les imperfections, comme si mon cerveau m'obligeait à les trouver belles.

Elles me manipulaient, c'était la seule explication. Mais je ne savais pas que les sorcières avaient recours à ce genre de manipulation séductrice et l'effet de leur pouvoir était puissant. Je devais être en train de les regarder comme une demeurée car la blonde a gloussé :

– C'est bien toi, Sophie Mercer ?

J'avais la bouche ouverte. Je l'ai refermée avec un claquement sec.

– Oui, c'est moi.

– On te cherchait, a susurré la plus petite des trois. Je suis Anna Gilroy. Et voici Chaston Burnett, a-t-elle ajouté en désignant la blonde. Et Elodie Parris.

J'ai souri à la rousse.

– C'est joli. Comme Mélodie sans le M.

– Non, comme Elodie, a-t-elle répliqué d'un ton coupant.

– Reste aimable, est intervenue Anna avant de se tourner vers moi. Nous sommes, en quelque sorte, le comité d'accueil des nouvelles sorcières. Alors... bienvenue !

Elle m'a tendu la main, et après m'être demandé un instant si je devais baiser celle-ci, j'ai fini par la serrer.

– Vous êtes toutes les trois sorcières ?

– C'est ce qu'elle vient de t'expliquer, a rétorqué sèchement Elodie, récoltant un regard noir d'Anna.

– Pardon. C'est la première fois que je fais la connaissance d'autres sorcières.

– Vraiment ? s'est étonnée Chaston. Tu veux dire par là que tu n'as jamais rencontré de sorcières, ou bien de sorcières noires ?

– Quoi ?

– Qui pratiquent la magie noire, a répété Elodie, comme si elle cherchait à gagner au concours du ton le plus condescendant du monde.

– Je... ai-je bégayé, je ne savais pas qu'il y en avait plusieurs types.

À présent, elles me regardaient comme si je m'exprimais dans une langue étrangère.

– Quoi qu'il en soit, tu es une sorcière noire ? a demandé Anna en parcourant une liste qu'elle avait sortie de son blazer. Voyons, Lassiter, Mendelson... Mercer, Sophia : sorcière noire. C'est ça.

Elle m'a tendu la liste intitulée « Nouveaux élèves ». Une trentaine de noms y figuraient. J'ai vu les mots

« sorcière blanche » plusieurs fois, mais j'étais la seule à appartenir à la catégorie « noire ».

– Qu'est-ce que ça signifie ? ai-je questionné, mal à l'aise. On dirait qu'ils nous comparent à des poulets à pattes noires ou à pattes blanches.

– Tu ne le sais vraiment pas ? a demandé Anna d'une voix douce.

– Non, ai-je répondu, irritée.

À quoi bon avoir une mère censée être experte en la matière si elle ne m'apprend même pas le principal ?

– Les sorcières blanches sont inoffensives, a expliqué Elodie. Elles prédisent l'avenir, elles localisent des gens qui ont disparu, elles pratiquent des sortilèges amoureux, et... je ne sais pas, elles font surgir des lapins ou des chatons ou des arcs-en-ciel...

– Oui, des sortilèges amoureux, ai-je coupé en pensant à Felicia et Kevin.

– Les sorcières noires font des choses plus impressionnantes, déclara Chaston. Nos pouvoirs sont plus puissants. Nous pouvons créer des barrières de protection, et si nous sommes vraiment douées, contrôler le climat. Nous sommes aussi nécromanciennes et...

J'ai levé la main.

– Nécromanciennes ? Vous avez du pouvoir sur les morts ?

Les trois filles ont hoché la tête avec entrain, comme si je venais de leur proposer d'aller faire du lèche-vitrines au lieu d'aller déterrer des zombies.

– C'est ignoble ! me suis-je exclamée sans réfléchir.

Erreur. Aussitôt, leurs sourires se sont effacés et la température a baissé d'un cran.

– Ignoble ? a lancé Elodie. Mon Dieu, tu as quel âge ? Le pouvoir sur les morts est le plus convoité des pouvoirs et ça te dégoûte ? Vous tenez toujours à ce qu'elle fasse partie de notre clan ?

J'avais entendu parler des clans de sorcières, mais selon ma mère, ils étaient tombés en discrédit depuis cinquante ans. Aujourd'hui, la plupart des sorcières devaient se débrouiller seules.

– C'est la seule sorcière noire et nous avons besoin d'être quatre, a répondu Anna.

– J'ai aussi la faculté de me rendre invisible, vu que personne ne me demande rien, ai-je grommelé.

– Elle est pire que Holly ! a affirmé Elodie. Et nous l'avions acceptée pour les mêmes raisons, une décision lamentable.

– Holly ? ai-je interrogé. L'ancienne colocataire de Jenna Talbot ?

Simultanément, trois paires de prunelles se sont rivées sur moi.

– Qui t'a parlé de Holly ? a questionné Anna.

– Jenna partage ma chambre, elle l'a mentionnée. C'est une sorcière ? Qu'est-ce qui lui est arrivé ? Elle a obtenu son diplôme ? Ou elle est partie ?

Les trois filles avaient l'air terrifiées.

– Tu es avec Jenna Talbot ? s'est exclamée Elodie.

– C'est ce que je viens de dire !

– Écoute, a-t-elle fait en posant sa main sur mon bras. Holly n'a pas terminé ses études et elle n'a pas quitté Hécate. Elle est morte.

Anna s'est rapprochée de moi, les yeux emplis d'effroi.

– Jenna Talbot l'a assassinée.

5

Quand on vous parle des méfaits d'une meurtrière, rire n'est pas la meilleure réaction. Tâchez de vous en souvenir, au cas où. C'est pourtant ce que j'ai fait.

– Jenna ?! me suis-je esclaffée. Jenna Talbot l'a tuée ! Comment ? en l'étouffant sous des paillettes roses ?

– Tu trouves ça drôle ? a reproché Anna.

Chaston et Elodie m'ont fusillée du regard. Redoutant de voir fumer les oreilles d'Elodie, je me suis empressée de répondre :

– Ce n'est pas la mort qui m'amuse. C'est l'idée que Jenna puisse tuer quelqu'un.

Les trois paires d'yeux m'ont fixée. Sincèrement, est-ce qu'elles répétaient leur numéro devant la glace ?

– C'est un vampire, a insisté Chaston. Holly avait deux trous à la gorge.

Elles s'étaient maintenant regroupées autour de moi. Dehors, le soleil avait disparu derrière les nuages sombres, rendant la pièce encore plus lugubre et étouffante. Le tonnerre avait commencé à gronder et je pouvais sentir la légère odeur de métal qui précède toujours l'orage.

– Il y a deux ans, nous avions formé un clan avec Holly, a commencé Anna. Nous étions les seules sorcières noires et il en faut quatre pour que le pouvoir d'un clan soit efficace. Il nous avait donc semblé normal d'en faire une amie. L'année dernière, Jenna est arrivée à Hécate et est devenue sa colocataire.

– Et après cela, Holly n'a plus voulu nous fréquenter, a déclaré Chaston. Elle passait tout son temps avec Jenna en nous disant qu'elle s'ennuyait moins en sa compagnie qu'en la nôtre.

Chaston en semblait profondément indignée, comme si s'ennuyer en leur compagnie était impensable.

– Puis, un jour, je l'ai surprise en train de pleurer à la bibliothèque, a-t-elle repris. Elle m'a simplement expliqué que c'était à cause de Jenna, je n'ai pas pu en savoir davantage.

– Holly est morte deux jours plus tard, a annoncé Chaston d'une voix d'outre-tombe.

J'ai tendu l'oreille, pensant qu'un grondement de tonnerre allait ponctuer cette révélation. J'ai simplement entendu la pluie.

– Ils l'ont trouvée dans la salle de bains, a murmuré Elodie. Elle était dans une baignoire, avec deux trous à la gorge. Il ne lui restait presque plus de sang.

À présent, mon cœur battait la chamade. Je comprenais mieux pourquoi Jenna s'était figée quand j'avais évoqué son ancienne camarade de chambre.

– C'est horrible, ai-je bredouillé.

Chaston a acquiescé.

– Mais... ai-je fait.

– Mais quoi ? a demandé Elodie d'un air intimidant.

– Si tout le monde est sûr que c'est Jenna, pourquoi est-elle encore à Hécate ? Le Conseil n'a pas enquêté sur cette affaire ?

– Ils ont envoyé quelqu'un, a répliqué Chaston en rabattant une mèche blonde derrière son oreille. Mais leur enquêteur a déclaré que les blessures de Holly ne provenaient pas d'une morsure de vampire. Elles étaient trop... propres.

J'ai dégluti.

– Propres ?

– Les vampires ne savent pas boire délicatement, a expliqué Anna.

J'ai essayé de la regarder d'un air impassible.

– Si le Conseil a jugé que ce n'était pas Jenna, elle est innocente. Vous n'imaginez tout de même pas qu'ils vont laisser courir un vampire enragé dans leur bergerie de Prodigium !

– Le Conseil s'est trompé, a rétorqué Elodie. Holly vivait avec un vampire et a été tuée par quelqu'un qui a bu son sang. Qu'est-ce qui aurait pu se produire d'autre ?

Chaston et Anna évitaient mon regard. C'était louche. Et même si je ne comprenais pas pourquoi ces filles étaient déterminées à me faire croire que Jenna était une tueuse, je n'étais pas dupe. Par ailleurs, je ne tenais surtout pas à m'impliquer dans une guerre des gangs entre sorcières et vampires.

– Écoutez, j'ai encore des affaires à ranger, ai-je dit, mais Anna avait décidé de changer de tactique.

– Attends, a-t-elle gémi. Nous avons réellement besoin d'un quatrième membre pour notre clan.

– Oui, a renchéri Chaston. Et nous pouvons t'enseigner beaucoup de choses sur la magie noire. Sans vouloir te vexer, tu as besoin d'aide.

– Je vais y réfléchir, d'accord ?

Je me suis retournée pour sortir, mais la porte a claqué à quelques centimètres de ma figure. Soudain, un vent surnaturel a soufflé dans la pièce et les photos se sont mises à vibrer sur les murs. Quand j'ai pivoté vers les filles, elles me souriaient, leurs cheveux ondoyant autour de leur tête comme si elles nageaient.

La lumière d'une lampe a grésillé puis s'est éteinte. Sous la peau des filles, des traînées argentées pareilles à du mercure éclairaient leurs visages. Et leurs yeux flamboyaient. Elles ont commencé à léviter, la pointe de leurs mocassins effleurant la moquette. Non, ce n'étaient pas des top models, mais de dangereuses sorcières.

Réprimant l'envie de me protéger la tête de mes bras, je me suis demandé si j'étais moi aussi capable de produire un tel effet. Elles irradiaient l'énergie d'une tornade s'apprêtant à me balayer et à me propulser dans cet étang glauque. Une énergie qui avait déjà fait voler en éclats les sous-verre de trois cadres. Un morceau m'avait éraflé l'avant-bras, mais je n'avais rien senti.

Puis le vent s'est brusquement apaisé et les photos ont cessé de trembler. Devant moi, les filles ne ressemblaient plus à des déesses, mais simplement à de jolies adolescentes.

– Tu as vu ? a dit Anna. Voilà de quoi nous sommes capables à trois. Imagine ce que nous pouvons accomplir à quatre !

Je les ai observées. C'était ça, leurs arguments pour vendre leur soupe ? « Regarde ! Nous sommes vraiment terrifiantes ! Deviens-le aussi avec nous ! »

– C'était très impressionnant, ai-je finalement murmuré.

– Donc tu veux faire partie de notre clan ? a demandé Chaston.

Elle et Anna me souriaient tandis qu'Elodie détournait la tête d'un air boudeur.

– On peut en reparler plus tard ? ai-je répondu.

– C'est bien ce que je vous avais dit, a lâché Elodie.

Le sourire de ses deux amies s'est effacé. Sans me regarder, elles ont tourné les talons et disparu.

Je me suis affaissée dans le fauteuil bergère. Les genoux repliés sous le menton, j'ai écouté la pluie diminuer et s'arrêter. Quand la cloche annonçant l'heure du dîner a retenti, Jenna est venue me rejoindre.

– Sophie ? a-t-elle dit.

Je me suis efforcée de sourire. Jenna a froncé les sourcils.

– Qu'est-ce que tu as ?

Je n'ai pas eu le temps de lui répondre car elle a enchaîné :

– Écoute, je suis désolée de t'avoir assaillie de questions, ça ne me regardait pas.

– Ce n'est pas à cause de toi, l'ai-je rassurée en me levant. Vraiment. Je ne t'en veux pas.

Ses traits se sont détendus. Puis elle a baissé les yeux et l'espace d'une seconde, j'ai perçu une lueur avide dans son regard. J'ai regardé mon bras et vu la coupure laissée par le morceau de verre. Elle était plus profonde que je ne l'avais pensé, saignait, et avait taché la moquette.

J'ai levé le nez vers Jenna qui essayait de ne pas regarder mon bras. Une sensation désagréable de picotement m'a parcouru la nuque.

– J'étais en train d'examiner les photos et soudain, elles sont tombées, ai-je dit en couvrant ma blessure. Le verre s'est brisé et c'est comme ça que je me suis blessée. Je suis très maladroite.

Mais Jenna s'était déjà tournée vers le mur et avait pu constater que les photos en question n'étaient pas tombées, seul le sous-verre avait explosé.

– Laisse-moi deviner, répondit-elle. Tu t'es disputée avec la Trinité ?

J'ai gloussé nerveusement.

– Avec qui ? Je ne sais même...

– Elodie, Anna et Chaston. Et si tu voulais me le cacher, c'est parce qu'elles t'ont probablement parlé de Holly.

Pourquoi le destin s'acharnait-il à contrecarrer mes tentatives de me faire une amie à chaque occasion ?

– Jenna... ai-je commencé, mais elle m'a aussitôt interrompue.

– Est-ce qu'elles t'ont dit que j'avais tué Holly ?

Face à mon silence, elle a émis un rire sarcastique pour réprimer ses larmes. Les coins de sa bouche tremblaient.

– Oui, parce que je suis un monstre déchaîné capable de dévorer ma meilleure amie. Elles, elles font des trucs vraiment effrayants, mais à part ça, c'est moi, le monstre.

– Que veux-tu dire par là ?

– Elles expérimentent des maléfices pour obtenir davantage de pouvoir, a marmonné Jenna. Je ne sais pas. Holly m'en avait parlé.

Je les ai revues en train de léviter au-dessus de la moquette, la peau illuminée. Leurs maléfices fonctionnaient bien, de toute évidence.

Jenna s'est mise à renifler. Je compatissais, mais comment oublier la lueur avide aperçue plus tôt dans ses yeux ? Des yeux affamés.

J'ai chassé cette pensée et je me suis rapprochée d'elle.

– Qu'elles aillent se faire voir.

Jenna a semblé soulagée.

– Ouais ! a-t-elle renchéri avec conviction, et nous avons pouffé.

En arrivant dans la salle à manger, je me suis tournée vers Jenna qui me vantait la qualité de la tarte aux noix de pécan. J'ai songé que les trois filles se méprenaient totalement sur son compte : Jenna ne ferait pas de mal à une mouche.

Et tandis que je riais en l'écoutant s'extasier sur la tarte, j'ai senti un frisson naître à la base de ma colonne vertébrale, et pensé à ses yeux quand elle avait vu mon sang couler sur la moquette.

6

La salle à manger était bizarre. Après avoir entendu dire qu'elle avait été réaménagée en salle de bal, je m'étais attendue à voir des lustres en cristal, des parquets rutilants, un mur de glaces, comme dans les contes de fées. Au lieu de cela, l'endroit semblait aussi décrépit que le reste du manoir. Bien entendu, il y avait des lustres, mais recouverts de sacs-poubelle. Ainsi que des glaces, mais masquées par des draps.

Des tables de différentes tailles étaient éparpillées dans la salle immense. Une grande table en chêne trônait à côté d'une autre, en formica, qui semblait avoir été volée dans un restaurant. J'ai même repéré un banc de pique-nique. Puisque l'établissement était dirigé par des sorcières, pourquoi avaient-elles recours au vol ? N'avaient-elles pas mis au point un sortilège pour fabriquer des meubles ?

Sur une longue table basse, j'ai avisé des plats d'argent contenant des crevettes, des poulets rôtis fumants et des coquillettes au fromage. Puis, bouche bée, j'ai contemplé un gâteau au chocolat de plusieurs étages décorés de fraises.

– C'est exceptionnel, m'a avertie Jenna. Uniquement pour l'arrivée des nouveaux élèves.

Après avoir empilé la nourriture sur nos assiettes, nous avons cherché des places. En apercevant Elodie, Chaston et Anna, assises à une table de verre transparente, au fond de la salle, je me suis mise en quête de la table la plus éloignée d'elles. Il restait quelques chaises vacantes à chaque table, et les conseils de ma mère me revenaient : « Je t'en prie, Sophie, fais un effort pour rencontrer de nouvelles têtes. » Mais ma mère n'était pas là, et il me semblait que Jenna, comme moi, n'avait pas envie de se montrer sociable. Près des portes, j'ai remarqué une petite table et je la lui ai désignée.

Elle devait avoir servi à des gamines pour jouer à la dînette, mais vu que c'était l'unique table pour deux disponible, on ne pouvait pas être trop difficile.

Je me suis assise sur l'une des deux petites chaises blanches. Mes genoux se sont cognés au rebord de la table, provoquant le ricanement de Jenna.

Tout en mangeant, je lui ai demandé qui étaient certaines personnes se trouvant parmi nous, en commençant par l'imposante table d'ébène qui trônait sur une estrade à une extrémité de la salle. Naturellement, c'était celle des professeurs puisque c'était la plus belle et la plus grande. En bout de table, Mme Casnoff mangeait sa salade avec délicatesse. Cinq adultes l'accompagnaient, deux hommes et trois femmes, dont une fée et un métamorphe, M. Ferguson, m'a informée Jenna.

À la droite de M. Ferguson, une jeune femme aux cheveux violets et brillants portait des lunettes aux montures épaisses comme celles de Jenna. Elle avait la peau pâle et j'ai cru qu'il s'agissait du professeur vampire que Mme Casnoff avait évoqué plus tôt, mais Jenna m'a dit que c'était en fait Mlle East, une sorcière blanche.

– Le vampire se trouve à côté d'elle, a-t-elle confié la bouche pleine. C'est le jeune homme aux boucles brunes, Lord Byron.

– Prendre le nom d'un poète mort, ai-je commenté. Quelle prétention !

Jenna m'a regardée.

– Non, c'est le vrai Lord Byron.

Je l'ai dévisagée d'un air incrédule.

– Tu plaisantes ! Tu veux dire l'auteur d'*Elle marche pareille en beauté* ?

– Oui, a confirmé Jenna. Un vampire l'a mordu tandis qu'il était mourant en Grèce. Le Conseil le retient prisonnier depuis longtemps car il n'est pas discret. Il parle sans cesse de retourner en Angleterre pour transformer tout le monde en vampire. Quand ils ont ouvert cet établissement, ils l'ont condamné à enseigner ici.

Ébahie, j'ai croisé le regard méprisant du poète dont j'avais étudié l'œuvre l'an dernier.

– Cela doit être horrible d'être immortel, si c'est pour passer l'éternité ici, ai-je dit à Jenna. Désolée, ai-je ajouté, me rappelant subitement que je m'adressais à un vampire.

– Ne le sois pas, a-t-elle répondu. Je ne compte pas m'éterniser à Hécate, crois-moi.

Les vampires sont les seuls Prodigium qui vivent éternellement. Même les fées finissent par cesser de clignoter un jour, et la durée de vie des sorcières et des métamorphes est la même que celle des gens lambda.

J'ai désigné la grande femme brune avec une queue-de-cheval, assise en face de Mme Casnoff.

– C'est qui ?

Jenna a levé les yeux au ciel.

– Mme Vanderlyden. On la surnomme la Vandy. Mais pas devant elle, c'est trop risqué. Essaie et tu ne sortiras jamais de prison. C'est une sorcière noire, ou du moins c'était. Le Conseil lui a ôté ses pouvoirs, il y a plusieurs années. Aujourd'hui, elle donne des cours d'éducation physique – ou ce qu'Hécate prétend être des cours d'éducation physique. Elle est chargée de vérifier qu'on respecte les règles et elle ne fait pas de cadeaux.

– Elle porte un chouchou, comme les gamines.

– Je sais, a maugréé Jenna en secouant la tête. Les élèves disent que c'est sa prise électrique pour avoir accès à l'enfer et qu'elle fait passer ses cheveux dedans pour recharger sa méchanceté. Il y a aussi Callahan, le gardien, on l'appelle simplement Cal. Il n'est pas là, ce soir.

J'ai avisé Archer, installé à une table avec d'autres garçons qui riaient en l'écoutant. J'espère qu'il n'était pas en train de leur raconter l'histoire du « vilain chien ».

– Tu le connais ? ai-je demandé, feignant le détachement.

– C'est Archer Cross, mauvais garçon et idole des filles. Elles sont toutes un peu amoureuses de lui.

– Et toi ? Il te plaît ?

Jenna m'a observée un moment avant de répondre :

– Il n'est pas du tout mon genre.

– Tu n'aimes pas les beaux bruns ? ai-je insisté.

– Non. Les hommes ne m'attirent pas.

– Ah, ai-je fait.

Je n'avais jamais eu d'amie lesbienne. Ni d'amie tout court, d'ailleurs.

Les yeux rivés sur Archer, j'ai déclaré :

– J'ai essayé de le tuer, tout à l'heure.

Jenna a avalé son thé de travers et quand elle a arrêté de tousser, je lui ai expliqué ce qui s'était passé.

– Mme Casnoff n'a pas l'air épatée par Archer, ai-je souligné.

– Archer s'est mal conduit l'an passé. Puis il est parti au milieu de l'année scolaire, pendant un mois, et des rumeurs ont commencé à circuler à son sujet. Certains pensaient qu'il était allé à Londres.

– Pourquoi ? Pour monter à bord des bus à étage ?

– Non. Le siège du Conseil se trouve à Londres. On a cru qu'il avait demandé l'Opération.

J'avais lu quelque chose à ce sujet dans un livre de ma mère. Il s'agissait d'un rituel destiné à retirer les pouvoirs magiques. Personne ne s'y était jamais livré de plein gré, car seul un Prodigium sur cent y survivait.

– Il voulait faire cela pour quelle raison ? me suis-je enquise.

– Lui et Holly étaient très proches. Après sa mort, il a fait une dépression nerveuse. Des élèves l'ont entendu expliquer à Mme Casnoff qu'il se détestait, qu'il voulait être normal, des trucs de ce genre...

– Donc lui et Holly sortaient ensemble ?

– On peut dire ça.

J'ai compris qu'elle ne m'en dirait pas davantage.

– De toute évidence, il a renoncé à l'Opération, ai-je avancé. Il a toujours ses pouvoirs.

– Ouais, ses pouvoirs de séduction, a raillé Jenna.

Je lui ai jeté un morceau de pain. Elle n'a pas eu le temps de riposter, car au même moment, Mme Casnoff s'est levée et a tendu les bras vers le haut. Aussitôt, le silence s'est fait dans la salle.

– Le repas est terminé, a-t-elle déclaré. Si ce n'est pas votre première soirée à Hécate, veuillez quitter la salle à manger. Les nouveaux sont priés de rester à leur place.

Jenna m'a regardée avec compassion et a débarrassé nos assiettes.

– Je suis désolée de ce à quoi tu vas assister.

– C'est-à-dire ? ai-je questionné pendant que la salle se vidait. Qu'est-ce qui va se passer ?

Jenna a secoué la tête.

– À mon avis, tu vas regretter ta deuxième part de gâteau.

Oh mon Dieu. Ce qui m'attendait devait vraiment être épouvantable.

– M. Cross ? cria Mme Casnoff. Où allez-vous ?

Archer se trouvait à un mètre de moi et s'apprêtait à partir. J'ai remarqué qu'il tenait Elodie par la main. Intéressant. Bien sûr, il n'était pas étonnant que les deux personnes à qui je semblais déplaire le plus soient ensemble.

– Je ne suis pas nouveau, a répliqué Archer depuis l'entrée.

La file d'élèves qui sortait s'est figée et des visages curieux se sont tournés vers lui. Elodie a posé son autre main sur l'épaule d'Archer, comme si elle exhibait fièrement un gros lot gagné à une foire.

– J'ai déjà vu ces foutaises, a-t-il ajouté.

– Surveillez votre langage ! a aboyé M. Ferguson.

Mais Archer ne lui prêtait pas attention. Il regardait Mme Casnoff, qui conservait son calme.

– Certes, a-t-elle rétorqué. Néanmoins, vous n'avez pas retenu grand-chose, il me semble. Allez vous asseoir.

Elle a pointé la chaise que Jenna avait libérée. Archer a marmonné des insultes et s'est assis près de moi.

– Salut, Sophie.

J'ai grincé des dents.

– Salut. Qu'est-ce qu'ils vont nous montrer ?

– Tu verras.

Puis l'obscurité est tombée.

7

Quand les lumières se sont éteintes, je n'ai entendu ni rires, ni bruissements de vêtements, ni grincements de chaises indiquant que des élèves profitaient de l'obscurité pour se rapprocher et flirter ensemble.

Près de moi, j'ai perçu un soupir d'Archer. Ça m'a toujours fait un drôle d'effet d'être assise à côté d'un garçon dans le noir, même si c'est un garçon qui ne m'attire pas. Je ne pouvais pas le voir, mais j'étais consciente de sa respiration, de ses moindres mouvements, de son odeur de savon. J'allais lui demander de nouveau ce qui m'attendait quand un carré de lumière a surgi près de Mme Casnoff. Le carré s'est agrandi jusqu'à prendre la taille d'un écran de cinéma. Il est resté blanc et lumineux un instant, puis, lentement, une image a commencé à apparaître sur sa surface, comme une photo en train de se développer. Il s'agissait d'une peinture en noir et blanc représentant un groupe d'hommes à l'expression sévère, vêtus de costumes noirs et de grands chapeaux de puritains.

– En 1962, dans le Massachusetts, deux sorcières de

Salem ont découvert leurs pouvoirs et semé une panique au cours de laquelle dix-huit humains innocents ont péri, a expliqué Mme Casnoff. Un groupe de sorciers de la région de Boston a écrit aux sorciers et sorcières de Londres et créé le Conseil. C'était dans l'espoir de trouver une structure et des ressources afin de contrôler les activités relevant de la magie et d'éviter que ce genre de tragédies ne se reproduise.

L'image s'est estompée pour se métamorphoser en un portrait de rousse arborant une robe à crinoline en satin vert.

– Voici Jessica Prentiss, a poursuivi Mme Casnoff, sa voix emplissant la salle immense. C'était une sorcière blanche très puissante de La Nouvelle-Orléans. En 1876, quand le Conseil a retiré à sa jeune sœur Margaret ses pouvoirs, cette dernière en est morte. Mlle Prentiss a alors proposé d'ouvrir un lieu où les sorcières aux pouvoirs potentiellement dangereux pourraient vivre en paix.

Le portrait s'est effacé pour céder la place à une photo que j'avais vue plus tôt, celle du manoir datant de 1903.

– Cela a pris presque trente ans, mais son rêve s'est enfin réalisé en 1903, a continué Mme Casnoff. Et en 1923, le Conseil a décidé d'accepter également les fées et les métamorphes à Hécate.

Elle n'a pas évoqué les vampires, bien entendu.

– C'est juste un cours d'histoire, ai-je chuchoté à Archer. Je ne vois pas où est le problème.

Il a secoué la tête.

– Attends la suite.

– En 1967, le Conseil a pris conscience qu'il lui fallait un lieu pour former les jeunes Prodigium ne sachant pas employer leurs pouvoirs avec la discrétion requise. Une école où ils pourraient apprendre l'histoire des Prodigium, et les affreuses conséquences qui surviennent quand ils dévoilent leurs facultés aux humains. C'est ainsi qu'est né Hex Hall.

– Une prison pour mineurs, ai-je marmonné, déclenchant le rire d'Archer.

– Mademoiselle Mercer, a dit Mme Casnoff, me faisant sursauter.

J'avais peur qu'elle ne me fasse un reproche, mais elle m'a simplement demandé :

– Pouvez-nous nous expliquer qui est Hécate ?

– Hum. Oui. C'est la déesse grecque de la sorcellerie.

Mme Casnoff a approuvé.

– En effet. C'est également la déesse des carrefours. Et aujourd'hui, c'est là où vous vous trouvez tous, mes enfants. La démonstration va pouvoir commencer.

– Nous y voilà, a murmuré Archer.

Cette fois, le carré lumineux n'a pas pris la forme d'un écran mais d'un vieil homme. Sans le scintillement qui le nimbait, le rendant luisant dans la pièce sombre, ce personnage aurait eu l'air réel. Il portait une salopette, une chemise écossaise et un chapeau brun enfoncé jusqu'aux yeux. Une faux pendait dans sa main droite. Il est resté immobile un instant, puis il s'est tourné et s'est mis à faucher le vide près du sol, comme s'il se trouvait parmi des herbes hautes. C'était comme regarder un film, mais en direct.

– Voici Charles Walton, a annoncé Mme Casnoff. Un sorcier blanc de Lower Quinton, un village anglais. Il restait discret et gagnait un shilling par jour – une misère – en tant que tailleur de haies pour un fermier du coin. Il vendait également aux villageois des potions pour soigner la goutte, et faisait des envoûtements amoureux ainsi que d'autres sortilèges inoffensifs. Mais en 1945, le village a connu une mauvaise récolte.

Tandis qu'elle parlait, des personnages se matérialisaient derrière l'homme. Ils étaient quatre. Deux me tournaient le dos, mais j'ai aperçu une petite grand-mère trapue aux joues rouges et aux cheveux gris, ainsi qu'un maigrichon aux oreilles protégées par les rabats d'un couvre-chef bordeaux. Ils ressemblaient aux paysans figurant sur les boîtes de biscuits anglais. Sauf qu'ils avaient des expressions terrifiantes et le maigrichon brandissait une fourche.

– Les habitants de Lower Quinton ont décidé que la récolte avait été mauvaise à cause de Charles Walton, et vous pouvez voir le résultat.

L'homme armé de la fourche a saisi par le coude le sorcier terrorisé, l'a fait virevolter, et même si je savais ce qui allait se passer, je n'ai pas réussi à détourner les yeux. J'ai regardé tandis que trois personnes, de braves gens qu'on imaginait pétrissant une pâte à tarte ou buvant un thé, forçaient le sorcier à s'agenouiller au sol, et que le quatrième plantait sa fourche dans sa nuque.

J'ai cru qu'un élève allait crier ou même s'évanouir, mais tout le monde semblait aussi pétrifié que moi. Même Archer s'était redressé sur sa chaise.

La gentille grand-mère s'est accroupie près du défunt, a ramassé la fourche, puis, alors que je regrettais d'avoir repris du gâteau au chocolat, la scène qui se déroulait devant nous a scintillé et disparu.

Mme Casnoff nous a expliqué ce qui était arrivé au sorcier.

– Après l'avoir transpercé de coups de fourche, les villageois ont gravé des symboles dans sa chair dans l'espoir de détruire sa magie maléfique. M. Walton les avait aidés durant cinq décennies et c'est ainsi que les humains le remerciaient.

Soudain, la salle s'est emplie d'images et de sons. Derrière Mme Casnoff, un groupe d'hommes vêtus de costumes noirs assassinaient une famille de vampires. Je pouvais entendre le bruit humide, horrible, pareil à celui d'un baiser bruyant, des pieux s'enfonçant dans les poitrines.

À ma gauche, des coups de feu ont retenti. Instinctivement, je me suis baissée tandis qu'un loup-garou criblé de balles en argent provenant de l'arme d'une vieille dame vêtue d'un peignoir rose s'effondrait au sol.

C'était comme être noyée dans un film d'horreur. Au centre de la salle, j'ai distingué trois hommes enveloppés de manteaux marron projeter à terre deux fées aux ailes grises translucides. Tandis que les fées hurlaient, on leur passait de larges bracelets de fer autour des poignets, puis des flammes les dévoraient, emplissant l'air de la salle d'une odeur de grillades.

Ma bouche s'était tellement desséchée qu'elle semblait collée. C'est pourquoi je suis restée muette quand une bande de sorcières pendues à des gibets a surgi près de moi. L'image avait jailli du parquet. Les corps étaient parcourus de spasmes et commençaient à tourner, prisonniers de leurs nœuds ; les visages bleuissaient et les langues pendaient entre les lèvres gonflées. J'entendais des cris faibles et j'ignorais s'ils provenaient des élèves ou des images. J'ai voulu me couvrir les yeux, mais mes mains étaient lourdes et moites.

Quelque chose de tiède s'est posé sur mes doigts. J'ai détourné les yeux des pendues et vu la main d'Archer qui couvrait la mienne. Il regardait les sorcières et j'ai alors vu que des sorciers se trouvaient aussi parmi elles. Sans réfléchir, j'ai enroulé mes doigts autour des siens.

Puis, tandis que j'étais sur le point de vomir, les images se sont volatilisées et les lumières de la salle se sont rallumées.

Mme Casnoff affichait un sourire serein.

– C'est à cause de tout cela que vous êtes ici, a-t-elle déclaré d'un ton dur et glacial. C'est ce que vous avez risqué en utilisant vos pouvoirs en présence d'humains. Et pourquoi avez-vous pris ce risque ? Pour vous faire accepter ? Pour épater vos amis ? a-t-elle ajouté en me regardant un instant. Nous avons été persécutés par des humains qui seraient ravis de se servir de nos pouvoirs. Et ce dont vous venez d'être témoins (je pouvais presque revoir les yeux vitreux des sorcières pendues, leurs lèvres violettes) n'est rien comparé à ce que font ceux dont le but est de nous exterminer.

Mon cœur battait toujours la chamade mais je n'avais plus la nausée. Près de moi, Archer était de nouveau avachi sur sa chaise. J'en ai donc déduit qu'il se sentait mieux lui aussi.

Mme Casnoff a agité la main et une photo représentant des hommes et des femmes a surgi derrière elle.

– Ce groupe s'est baptisé l'Alliance, a-t-elle commenté d'un ton méprisant.

Un mépris exagéré venant de la part d'une dame qui travaillait pour un conseil nommé « Conseil ».

– L'Alliance est composée d'agents de plusieurs organes de renseignement de différents gouvernements. Par chance, ils sont tellement embourbés dans la paperasserie qu'ils représentent rarement une menace réelle.

La photo s'est estompée, cédant la place à un trio de rousses.

– Et voici les Brannick, une vieille famille irlandaise qui nous pourchasse depuis l'époque de saint Patrick. Aislinn Brannick et ses deux filles, Finley et Isolde, sont les gardiennes actuelles de la flamme. Elles sont plus dangereuses que l'Alliance car leur ancêtre, Maeve Brannick, était une sorcière blanche très puissante qui avait trahi ses semblables en ralliant l'Église. Les Brannick possèdent donc plus de pouvoir que les humains normaux.

Elle a agité la main et les rousses ont disparu. Une image noire s'est formée au-dessus de sa tête. Après une minute, j'ai compris qu'il s'agissait d'un œil avec un iris doré.

– C'est le plus virulent de nos ennemis, a-t-elle repris. *L'Occhio di Dio*. L'Œil de Dieu.

– Qu'est-ce que c'est ? ai-je chuchoté à Archer, tandis qu'un murmure apeuré s'élevait dans la salle.

Il m'a gratifiée d'un sourire ironique, et je me suis dit que les hostilités allaient reprendre entre nous. Avec raison, car il a répondu :

– Tu es incapable de bloquer quelqu'un avec un sortilège et tu ne connais pas *L'Occhio* ? Tu es sûre que tu es une sorcière ?

Alors que je m'apprêtais à riposter par une insulte impliquant sa mère, Mme Casnoff a déclaré :

– *L'Occhio di Dio* est un groupe basé à Rome, dont l'objectif principal est de nous éliminer. Ils se prennent pour les chevaliers de Dieu et estiment que nous incarnons le Mal dont la Terre doit être purgée. L'année dernière, ils ont causé la mort de plus d'un millier de Prodigium.

En regardant L'Œil, j'ai eu la chair de poule. Je l'avais déjà vu dans un des livres de ma mère, ça me revenait, à présent. J'avais treize ans, je parcourais les pages, contemplant les portraits des sorcières célèbres, et soudain, j'étais tombée sur une peinture représentant une exécution de sorcière en Écosse, datant de 1600 environ. Une scène d'une horreur tellement fascinante que je n'avais pas pu m'en extraire. J'arrivais encore à me figurer la sorcière allongée sur le dos, attachée à une planche en bois, ses longs cheveux blonds étalés autour d'elle. D'un air épouvanté, elle fixait le poignard d'argent qu'un homme brun brandissait au-dessus d'elle. Dénudé jusqu'à la taille, près de son cœur, il portait le tatouage d'un œil noir à l'iris doré.

– Par le passé, quand ces trois groupes étaient divisés, nous parvenions à nous défendre contre eux. Nous avons hélas appris qu'ils s'étaient réconciliés. Nous ne pouvons pas les laisser former une alliance. Nous devons à tout prix les en empêcher.

L'Œil s'est volatilisé et Mme Casnoff a joint les mains.

– Très bien. Une matinée chargée vous attend, demain. Vous pouvez donc vous retirer. Extinction des lumières dans une demi-heure.

Elle avait l'assurance d'une femme d'affaires et je me suis demandé si je n'avais pas rêvé le passage où elle avait expliqué que nous étions tous menacés de mort. Apparemment non. Un coup d'œil dans la salle et j'ai compris que les autres étaient aussi bouleversés que moi.

Archer a fait claquer ses mains sur ses cuisses.

– Je n'avais pas vu ça la première fois. C'est nouveau.

Puis il a bondi de sa chaise et a disparu dans la foule d'élèves.

8

À cause de ses grandes enjambées, j'ai presque été obligée de courir pour le rattraper. Quand je l'ai rejoint, il avait déjà gravi la moitié de l'escalier.

– Cross ! ai-je crié, ne pouvant pas me résoudre à l'appeler Archer.

Cela ressemblait trop à un prénom de personnage de pièce de théâtre classique et c'était ridicule.

À ma surprise, il s'est retourné et a répondu :

– Mercer.

– Qu'est-ce que tu voulais dire par « nouveau » ?

Il a descendu quelques marches pour se rapprocher de moi.

– C'était différent de ce que j'ai vu il y a trois ans, quand j'avais quatorze ans.

– Différent comment ?

Il a retiré son blazer et remué ses épaules comme s'il venait de les soulager d'un blouson de cuir pesant.

– Il y avait déjà Charles Walton, il avait eu beaucoup de succès. Ainsi que le loup-garou abattu, et peut-être une ou deux fées brûlées. Mais pas autant d'images à travers la salle.

Il m'a dévisagée comme s'il m'évaluait.

– Ni de pendus, a-t-il ajouté. Je suis assez épaté.

J'ai croisé les bras.

– Épaté par quoi ?

– Je n'ai pas tenu le choc, il y a trois ans, j'ai quitté la salle pour aller vomir aux toilettes. Ce à quoi j'ai assisté ce soir était cent fois pire et tu n'es même pas blême. Tu es plus solide que je ne le pensais.

J'ai réprimé un rire. Malgré mon apparence calme, je me sentais toute retournée. Mon estomac m'évoquait la fosse d'un concert de rock. En songeant à l'image de mes organes affublés de mascara et de jeans déchirés, j'ai décoché un sourire à Archer.

– Je ne crois pas à tout cela.

Il a haussé un sourcil, me rendant aussitôt jalouse. Dès que j'essaie, ce sont toujours les deux qui se lèvent en même temps, me donnant une expression apeurée ou étonnée et m'empêchant de produire l'effet escompté : un scepticisme teinté d'ironie.

– Tu ne crois pas quoi ?

– Que les humains veulent nous tuer et d'une manière aussi barbare.

– Pourtant l'Histoire confirme cette hypothèse. Les humains ont même exterminé leurs semblables par milliers en tentant de nous éliminer.

– C'était à une autre époque, ai-je argué. Quand on pensait que faire un trou dans le crâne d'un patient ou pratiquer une saignée pouvait le guérir. Les humains sont moins ignorants aujourd'hui.

– Vraiment ? C'est un fait ?

Son sourire narquois avait réapparu.

– Écoute, ai-je dit. Ma mère est une humaine et elle adore les Prodigium. Elle ne leur fera jamais de mal. Elle a même une...

– ... une fille qui en est une, a-t-il coupé.

– Quoi ?

Il a poussé un soupir et placé sa veste au-dessus de son épaule en la tenant au bout de son index. Je croyais que seuls les mannequins du magazine *GQ* savaient faire ça.

– Ta mère est sans doute quelqu'un de bien, mais tu penses vraiment qu'elle aimerait les sorcières si sa fille n'en était pas une ?

J'avais envie de répondre oui. Car c'était probablement pour mon propre salut que ma mère était devenue une experte en monstres. Néanmoins, elle avait fui mon père dès qu'elle avait appris ce qu'il était.

– Tu as raison, a repris Archer. Les humains ont changé. Mais ces images étaient réelles, Mercer. Les humains auront toujours peur de nous et de nos activités. Ils seront toujours envieux de nos pouvoirs.

– Pas tous, ai-je répliqué sans conviction, en pensant soudain à la voix hystérique de Felicia criant : « C'est elle ! C'est une sorcière ! »

Archer a haussé les épaules.

– Peut-être pas. Mais tu as vécu entre deux mondes et tu ne peux plus te le permettre. Tu es à Hécate maintenant.

Ça m'a fait l'effet d'une douche froide. Je n'avais jamais pris conscience que la plupart des Prodigium étaient élevés par des parents unis qui étaient comme eux. Et certains des élèves de l'établissement n'avaient quasiment jamais été en contact avec des humains après avoir révélé leurs pouvoirs.

– Arch ! a lancé une voix féminine.

Au-dessus de nous, campée sur le palier, la main posée sur une hanche inexistante, Elodie nous observait. D'habitude, quand on voyait ce genre de scène dans un film, la petite amie fusillait du regard sa rivale. Mais vu qu'Elodie était une déesse, et moi... rien de bien menaçant, elle semblait plutôt en proie à l'ennui qu'à la jalousie.

– J'arrive, El, a répondu Archer.

Elle a roulé des yeux, fait voler ses cheveux comme seules savent le faire les jolies filles pour signifier à leur petit ami qu'elles sont énervées, puis elle a gravi les marches conduisant au deuxième étage en balançant un peu trop les hanches à mon goût.

– Arch ? ai-je demandé, en essayant de lever un sourcil sans succès.

– Salut Mercer, a-t-il simplement lancé.

– Est-ce que tu penses que ces gens ont parfois de bonnes raisons ? ai-je questionné tandis qu'il s'éloignait.

Il s'est retourné.

– Quelles gens ?

J'ai observé les alentours. Le hall était vide.

– L'Alliance, la famille irlandaise. L'Œil. Ce qu'on a vu était horrible mais il existe aussi des Prodigium dangereux, il me semble ?

J'ai soutenu son regard. Tout d'abord, j'ai cru qu'il était fâché, puis je me suis rendu compte qu'en fait, il m'étudiait.

J'ai senti une chaleur monter jusqu'à mes joues. J'ignore s'il s'en est aperçu, mais il a souri, un vrai sourire, cette fois, et à ce moment-là, j'ai arrêté de respirer. Plus jeune, j'avais éprouvé la même sensation quand Suzie Strelzyck m'avait demandé si j'étais capable de toucher le fond de la piscine du YMCA. J'avais relevé le défi, mais en remontant à la surface, ma cage thoracique m'avait semblé coincée dans un compacteur de déchets ménagers, et en arrivant à l'air libre, j'avais senti ma tête tourner.

J'étais dans le même état en contemplant les yeux d'Archer.

Il a descendu quelques marches, s'est penché vers moi, et j'ai senti la fraîcheur de son odeur.

– À ta place, j'éviterais de faire ce genre de remarques, a-t-il murmuré, son souffle tiède caressant ma joue.

En l'observant s'éloigner, j'ai grincé des dents et répété un mantra dans ma tête : *Je ne tomberai pas amoureuse d'Archer Cross, je ne tomberai pas amoureuse d'Archer Cross, je ne...*

Quand j'ai regagné ma chambre, Jenna était assise sur son lit et lisait un livre. J'ai refermé la porte et m'y suis adossée en soupirant.

– Qu'est-ce qu'il y a ? s'est enquise Jenna. Les images t'ont secouée ?

– Non, enfin si, bien sûr. C'était horrible.

– Rien d'autre ? a-t-elle demandé.

– Je suis amoureuse d'Archer Cross.

Elle s'est esclaffée.

– Comme c'est original.

Je me suis laissé tomber sur mon lit.

– Pourquoi ? ai-je gémi contre mon oreiller, puis je me suis allongée sur le dos et j'ai scruté le plafond. D'accord, il est mignon. Et alors ? Il n'est pas le seul.

Jenna a décroisé les jambes et est allée se percher sur le bord de son bureau.

– Archer n'est pas mignon, a-t-elle corrigé. Les chiots sont mignons. Les bébés sont mignons. *Je* suis mignonne. Archer possède la beauté du diable. Et je ne suis pas attirée par les garçons.

Très bien, donc Jenna n'allait pas m'aider à oublier Archer.

– Il n'est pas sympa, ai-je souligné. Souviens-toi de ses réflexions durant l'épisode du loup-garou.

– Oui, a répliqué Jenna d'un ton sec. Il a empêché que tu ne sois dévorée. Quel mufle.

– Tu ne me remontes pas le moral, ai-je grogné.

– Désolée.

Nous sommes restées sans mot dire un moment, moi fixant une tache moisie suspecte au plafond, Jenna tambourinant des pieds contre les tiroirs de son bureau. Dehors, je pouvais entendre des hurlements. La lune étant pleine, les loups-garous avaient été autorisés à errer en liberté. Taylor se trouvait-elle parmi eux ?

– Sa petite amie est odieuse ! s'est soudain écriée Jenna.

– Absolument ! ai-je renchéri. Tu vois quand tu veux, tu peux ! Elle est odieuse et elle me déteste déjà. Par ailleurs, un garçon qui apprécie la compagnie d'Elodie est forcément décevant.

– C'est rédhibitoire, a-t-elle affirmé.

Me sentant enfin mieux, j'ai roulé sur le ventre afin de saisir le livre posé sur ma table de chevet.

– C'est bizarre, a murmuré Jenna.

– Qu'est-ce qui est bizarre ?

– Archer et Elodie. L'an dernier, elle lui courait après et il la fuyait comme la peste. Puis il est parti et à son retour ils ont commencé à sortir ensemble. C'est ça qui m'étonne.

– Pourquoi ? Elle est très belle. Les hormones ont fini par avoir le dessus, c'est tout.

– Peut-être, a dit Jenna en calant son menton dans sa paume. Mais en plus d'être beau, Archer est drôle, intelligent. Elodie n'est pas marrante et c'est loin d'être une lumière.

– C'est une bombe. Même les garçons intelligents ne résistent pas à certains charmes.

– C'est vrai, a reconnu Jenna.

J'allais reparler de Holly quand la voix amplifiée de Mme Casnoff a retenti dans la pièce. C'était comme si elle s'exprimait dans un micro et que toutes les chambres étaient équipées de haut-parleurs.

– Au vu de votre emploi du temps chargé demain, vous êtes priés de vous coucher rapidement. Extinction des lumières dans dix minutes.

J'ai jeté un œil sur ma montre.

– Il est huit heures, ai-je dit, incrédule. C'est un peu tôt pour dormir.

– Bienvenue à Hex Hall, a soupiré Jenna en sortant son pyjama du placard.

Dans le couloir, il y avait une bousculade en direction de la salle de bains. Des sorcières et des métamorphes se précipitaient pour aller se brosser les dents, mais pas les fées. Celles-ci devaient avoir les dents naturellement propres. Après avoir terminé ma toilette, il me restait trois minutes pour enfiler mon pyjama et atteindre mon lit. À vingt heures dix précises, les lumières se sont éteintes.

Je n'avais absolument pas sommeil.

– En principe, les vampires dorment le jour et vivent la nuit, ai-je fait remarquer. Cela ne te gêne pas que ce soit le contraire ?

– Je suis obligée de me conformer aux horaires d'Hécate. Quand je sortirai d'ici, ce sera difficile de changer de nouveau.

Je n'ai pas demandé à Jenna si elle savait quand elle sortirait. Les autres adolescents vieillissaient comme les humains et étaient tous libérés à l'âge de dix-huit ans, mais Jenna aurait éternellement quinze ans.

Je me suis retournée sous les draps et j'ai essayé de penser à des choses soporifiques. Quand j'ai fermé les yeux, la porte a grincé.

Paniquée, je me suis redressée, le cœur battant. Un réveil indiquait qu'il était minuit passé.

Une silhouette sombre s'est glissée dans la chambre.

– Ne t'affole pas, a marmonné Jenna depuis son lit. C'est sûrement un fantôme. Ils s'amusent à nous rendre visite, parfois.

Après un craquement d'allumette, une flaque de lumière a éclairé la silhouette.

Elodie.

Elle portait un pyjama en satin violet et serrait une bougie noire entre ses mains. Deux autres bougies se sont allumées, révélant Chaston et Anna, également en pyjama, debout près d'Elodie.

– Sophia Mercer, a-t-elle déclaré. Nous sommes venues t'accueillir au sein de notre clan. Prononce les six mots indispensables pour commencer le rite.

J'ai cligné des yeux.

– C'est une blague ?

Anna a poussé un soupir exaspéré.

– Non, les six mots sont : « J'accepte la proposition de mes sœurs. »

J'ai repoussé les mèches qui tombaient dans mes yeux et répliqué :

– Je vous ai déjà expliqué que je n'avais rien décidé concernant votre clan. Je ne tiens pas à commencer de rite.

– Prononcer les six mots ne veut pas dire que tu deviens automatiquement membre, est intervenue Chaston en avançant d'un pas. C'est simplement pour que le rite d'acceptation puisse commencer. Tu peux te retirer à n'importe quel moment.

– Accepte, a conseillé Jenna d'une voix lasse. Tant que tu résisteras, elles ne te lâcheront pas.

La bouche d'Elodie s'est pincée mais elle s'est tue.

– D'accord, ai-je dit en repoussant mes draps et en me levant. J'accepte votre proposition.

9

Les trois filles m'ont conduite dans la chambre d'Elodie et d'Anna.

– Comment se fait-il que vous soyez ensemble ? ai-je murmuré. Je croyais qu'apprendre à vivre avec d'autres races de Prodigium était un des principes fondateurs d'Hécate.

Elodie cherchait quelque chose sur son bureau et m'ignorait.

– Les sorcières cohabitent parfois, parce qu'elles sont plus nombreuses que les fées ou les métamorphes, a répondu Chaston.

– Comment tu expliques cela ? ai-je demandé.

Anna a allumé des bougies, répandant une lumière douce dans la pièce, et a répondu :

– Les fées et les métamorphes fréquentent moins le monde des humains que les sorcières. Ce qui réduit leurs risques d'être envoyés ici.

Elodie avait déniché un bâton de craie et était occupée

à tracer un grand pentagramme sur le plancher. Pour terminer, elle l'a entouré d'un cercle.

– D'habitude, nous pratiquons ce rite en plein air, a-t-elle précisé. À l'intérieur d'un cercle d'arbres, de préférence. Mais nous ne sommes pas autorisées à nous promener dans les bois. Mme Casnoff est très stricte là-dessus.

Elle était assise devant une pointe du pentagramme, entre Chaston et Anna ; je me suis donc installée à l'autre extrémité et chacune a saisi la main de sa voisine. Exactement comme si nous allions nous mettre à chanter *Kumbaya* ou une autre chanson folklorique et religieuse du même cru.

– Qu'est-ce que tu as fait la première fois que tu as répandu ta magie dans l'univers, Sophie ? a questionné Elodie.

– Quoi ?

– Quel était ton premier sortilège ? a précisé Chaston en se penchant en avant, ses mèches blondes tombant sur ses épaules. Le premier sortilège est sacré pour les sorcières. Quand j'avais douze ans, j'ai fait naître un orage qui a duré trois jours. Et Anna a arrêté le temps pendant dix heures.

J'ai regardé Elodie à l'autre bout du cercle. La lueur des bougies vacillait dans ses prunelles.

– Et toi ? l'ai-je interrogé.

– J'ai fait tomber la nuit en plein jour.

– Pas mal.

– Tu ne nous as toujours pas répondu, Sophie, a insisté Chaston.

J'ai songé à mentir. Si je leur faisais croire que j'étais une sorcière minable, elles renonceraient peut-être à me demander de rejoindre leur clan.

– J'ai rendu mes cheveux mauves, ai-je déclaré.

Trois regards étonnés m'ont dévisagée.

– Mauves ? a répété Anna.

– Je ne l'ai pas fait exprès. Je voulais les défriser de façon permanente et j'ai dû commettre une erreur car au lieu de devenir raides ils sont devenus mauves. Heureusement, ils ont retrouvé leur couleur naturelle au bout de trois semaines. Quoi qu'il en soit, c'était mon premier sortilège.

Elles se sont tues. Anna et Chaston ont échangé un regard.

– Je vais vous laisser, ai-je dit.

– Non ! a protesté Chaston en me serrant les doigts.

– Reste ! a renchéri Anna. Tes débuts n'étaient pas brillants, mais après tu as certainement fait quelque chose de plus impressionnant, j'imagine ?

Elle m'observait, pleine d'espoir.

– Tu as été envoyée ici pour quelle raison ? a demandé Elodie, les yeux étincelants.

– À cause d'un envoûtement amoureux, ai-je répliqué.

Anna et Chaston m'ont lâché les mains.

– C'est tout ? a dit Elodie, d'un air hautain.

Je les ai regardées tour à tour.

– Et vous ?

– J'ai métamorphosé un garçon en rat, a confié Anna.

Chaston a haussé les épaules.

– Moi, j'ai déclenché un orage, je te l'ai déjà dit.

Elodie a baissé les yeux un instant. Quand elle a relevé la tête, elle semblait plus détendue.

– J'ai fait disparaître une fille, a-t-elle annoncé.

J'ai dégluti.

– Pendant combien de temps ?

– Pour toujours.

– Donc vous avez fait souffrir des gens avec vos sortilèges, ai-je conclu.

– Non, a rétorqué Anna. On s'est simplement servi de nos pouvoirs quand des humains nous ont fait obstacle.

Je n'avais pas besoin d'en entendre davantage. Je me suis levée.

– Merci pour votre offre, mais à mon avis ça ne pourra pas marcher.

Chaston m'a rattrapée par la main.

– Attends, a-t-elle supplié, les yeux luisants.

– Laisse-la partir, a déclaré Elodie d'un ton écœuré. De toute évidence, elle pense qu'elle vaut mieux que nous.

– Je n'ai pas dit...

– Nous avons besoin d'une quatrième personne, a coupé Chaston.

– Pas si c'est un poids mort, a argué Elodie.

– C'est la seule sorcière noire parmi les nouveaux, a dit calmement Anna. À trois, nous ne serons pas assez puissantes pour le retenir. Nous avons besoin de Sophie.

– Retenir quoi ? me suis-je enquise, mais au même moment, Elodie a sifflé : « Tais-toi, Anna ! »

– Nous avions échoué, de toute façon, a commenté Chaston d'un ton lugubre.

– Vous parlez en langage codé ? ai-je questionné.

– Non, a répliqué Elodie en se levant. Elles parlent de choses liées au clan. Des choses qui ne te concernent pas.

Je crois qu'on ne m'a jamais regardée avec autant d'animosité. Ça m'a déstabilisée. Même si j'avais refusé leur proposition, je ne leur avais pas craché à la figure.

– Je suis désolée de vous avoir vexées, ai-je dit. C'est ma faute.

Anna et Chaston se tenaient debout à présent. Anna affichait une mine renfrognée mais Chaston n'avait pas renoncé.

– Toi aussi, tu as besoin de nous, Sophie. Tu vas avoir du mal à te défendre sans tes sœurs.

– Me défendre contre qui ?

– Tu crois vraiment que les autres vont t'accueillir à bras ouverts ? a demandé Elodie. Entre la sangsue qui loge dans ta chambre et ton père, tu vas être rejetée, exclue.

– Pourquoi mon père ?

Elles ont échangé un regard.

– Elle n'est pas au courant, a murmuré Elodie.

– Au courant de quoi ?

Chaston s'apprêtait à me répondre, mais Elodie l'en a empêchée :

– Laisse-la le découvrir par elle-même. Bonne chance pour survivre à Hécate sans nous, Sophie.

C'était ce qu'on aurait pu appeler une révocation éclair.

En marchant au centre du cercle, alors que je pensais à mon père, j'ai renversé accidentellement une bougie. La cire brûlante s'est répandue sur mon pied nu et j'ai entendu Anna glousser.

J'ai claudiqué jusqu'à la porte. En sortant, je me suis tournée vers Elodie. Elle me dévisageait, le visage de marbre.

– Je suis désolée, ai-je dit de nouveau. J'ignorais que cette affaire de clan était aussi importante.

J'ai cru qu'elle n'allait pas me répondre, mais elle a répliqué à voix basse :

– J'ai passé des années parmi des humains qui me regardaient comme si j'étais un monstre. Plus personne n'a le droit de me regarder de cette façon. Et encore moins une ratée comme toi.

Son regard vert s'est durci, puis elle m'a claqué la porte au nez. Oui, j'avais certainement dû la regarder de travers quand elle a révélé qu'elle avait fait disparaître une pauvre fille.

– C'est terminé ! a crié quelqu'un.

Dans le couloir, une porte s'est ouverte à la volée et Taylor a surgi de sa chambre. Hirsute, vêtue d'une chemise de nuit trop grande, elle avait de nouveau la bouche pleine de crocs.

– Sortez ! a-t-elle grondé.

En m'approchant, j'ai aperçu Nausicaa et Siobhan dans sa chambre, ainsi que d'autres fées assises en tailleur sur le plancher. Au centre du cercle qu'elles formaient, une lumière verte, dont j'ignorais la provenance, luisait.

Le groupe s'est levé.

– Tu n'as pas le droit de m'empêcher de pratiquer les rituels des fées, a déclaré Nausicaa.

– Non, mais je peux dire à Casnoff que vous avez essayé de communiquer avec le tribunal Seelie en vous servant de ce miroir.

Nausicaa a froncé les sourcils et s'est penchée pour ramasser un récipient en verre, rond et brillant.

– Ce n'est pas un miroir. C'est la rosée récoltée sur les fleurs qui éclosent la nuit sur la plus grande colline de...

– PEU IMPORTE ! a rugi Taylor. Le cours de classification des métamorphes commence à huit heures demain matin, et la lumière verte de votre miroir débile m'empêche de dormir.

Le visage caché par ses cheveux bleus, Siobhan a murmuré quelque chose à l'oreille de Nausicaa. Cette dernière a acquiescé et fait signe aux autres fées de les rejoindre.

– Venez, nous allons continuer notre rituel dans un endroit moins primitif.

Taylor a levé les yeux au ciel.

Les fées m'ont dépassée. Siobhan m'a jeté un regard dédaigneux, puis, avec ses amies, s'est transformée en boule de lumière de la taille d'une balle de tennis et s'est éloignée dans le couloir.

– Bon débarras, a grommelé Taylor avant de me décocher un large sourire.

Ses crocs avaient disparu mais ses prunelles étaient encore dorées.

– Qu'est-ce que tu fais ici ? a-t-elle questionné.

De la tête, j'ai désigné la porte de la chambre d'Elodie.

– Je leur ai rendu visite, histoire de me montrer sociable. Et toi ? Tu n'es pas allée courir dans les bois ?

– Non, Je ne suis pas un loup-garou, je suis une métamorphe.

– Il y a une différence entre les deux ?

La sympathie s'est effacée de son visage.

– Oui. J'ai le pouvoir de me métamorphoser entièrement en animal. Les loups-garous restent mi-homme, mi-animal. Ce sont des monstres de foire.

– Ne l'écoute pas ! a grondé une voix derrière moi.

Plus grand que Justin, un loup-garou féminin à la fourrure rousse avait surgi à l'autre bout du couloir.

– Les métamorphes sont jaloux de nous car nos pouvoirs sont bien supérieurs aux leurs, a-t-elle poursuivi.

Elle était appuyée au mur comme un être humain, ce qui la rendait encore plus effrayante. J'ai reculé vers la porte d'Elodie. Taylor ne paraissait pas apeurée.

– C'est ça, essaie de t'en convaincre, Beth, a-t-elle lancé. À demain, Sophie.

La langue pendante, les yeux étincelants, Beth est restée immobile au bout du couloir. J'étais obligée de passer devant elle pour regagner ma chambre. Peinant à conserver un visage impassible, je me suis dirigée vers elle. Ma brûlure au pied me gênait encore mais je ne boitais plus.

Quand je l'ai rejointe, à ma surprise, elle a avancé sa patte griffue. Un instant, j'ai cru qu'elle allait m'éventrer, puis je l'ai entendue dire : « Beth, enchantée », et j'ai compris qu'elle attendait simplement que je lui serre la patte. Ce que j'ai fait.

– Sophie.

Ce n'était pas trop difficile. Elle avait déjà dévoré quelqu'un, et alors ? Elle ne semblait pas... Elle a plongé son museau dans mes cheveux et j'ai entendu son souffle tremblant.

Un filet de bave a dégouliné sur mon épaule dénudée.

J'ai gardé mon calme et après un moment, elle m'a libérée. En soupirant, elle a dit :

– Désolée. Tous les loups-garous se comportent de cette façon.

– Pas de problème, ai-je répondu, même si je pensais, paniquée : *De la bave ! De la bave de loup-garou sur ma peau !*

– À plus tard ! m'a-t-elle lancé tandis que je la dépassais d'un pas brusque.

En entrant dans ma chambre, je me suis ruée sur le paquet de mouchoirs en papier posé sur mon bureau et me suis frotté vigoureusement l'épaule. Puis, à la recherche d'un désinfectant pour les mains, j'ai allumé ma lampe de chevet et bredouillé « pardon » à la vue de Jenna.

Assise sur son lit, une poche de sang plaquée contre sa bouche, les pupilles rouges, elle m'observait.

– Pardon pour la lumière, ai-je dit.

Jenna a écarté la poche de son visage, laissant une traînée d'hémoglobine couler sur son menton.

– Le petit creux de minuit, a-t-elle expliqué d'un ton calme. Je... je pensais que tu rentrerais plus tard.

Le rouge s'estompait lentement dans ses prunelles. Je me suis affaissée sur ma chaise. J'avais mal au cœur. Les paroles d'Archer me revenaient en mémoire : « Tu es à Hécate, maintenant. »

En effet, la soirée l'avait bien prouvé.

– Tu sais, j'ai vu pire, ce soir, ai-je rétorqué.

Elle s'est essuyé le menton en évitant mon regard.

– Alors ? Tu fais partie de leur clan ?

– Sûrement pas.

Elle m'a dévisagée d'un air étonné.

– Pourquoi ?

Je me suis frotté les yeux, soudain fatiguée.

– Ça ne m'intéresse pas.

– Parce que tu n'es pas assez méchante.

– Oui, ce n'était pas une qualité pour elles. Et après les avoir quittées, j'ai vu une métamorphe se disputer avec des fées. Au fait, on m'a parlé du tribunal de Seelie – qu'est-ce que c'est ?

– Un groupe de fées bienveillantes qui emploient la magie blanche.

– Je n'ose même pas imaginer ce que font les fées malveillantes.

Jenna a fait un signe de tête en direction des mouchoirs que je tenais à la main.

– Qu'est-ce qui t'arrive ?

– Hein ? Oh, ça. Un loup-garou m'a bavé dessus en me reniflant.

– Et ensuite, en regagnant ta chambre, pour couronner le tout, tu es tombée sur le goûter d'un vampire.

Elle avait l'air inquiète et chiffonnait son couvre-lit framboise électrique.

– Qu'est-ce que tu veux ? ai-je rétorqué. C'est comme ça. Les loups-garous ont besoin de baver et les vampires de se sustenter.

Elle a ri et ramassé sa poche de sang.

– Ça t'embête si je... a-t-elle demandé timidement.

J'ai eu un nouveau haut-le-cœur.

– Je t'en prie, ai-je répondu. Régale-toi.

Je me suis allongée sur mon lit.

– Elles n'étaient pas contentes, ai-je lâché.

Les bruits de succion de Jenna se sont arrêtés.

– Qui ?

– Le clan. Elles m'ont dit que j'avais besoin de leur protection car les autres allaient m'exclure à cause de... euh...

– Du fait que je sois ta colocataire ?

Je me suis redressée.

– Oui. Et à cause de mon père.

– Qui est ton père ? a demandé Jenna d'un air songeur.

– Un sorcier ordinaire. James Atherton.

– Je n'ai pas entendu parler de lui. Mais on ne me tient jamais au courant de rien. Donc, tu penses qu'Elodie et ses copines t'en veulent ?

Je me suis souvenue du regard dur d'Elodie.

– Oui, ai-je murmuré.

Jenna a éclaté de rire.

– Qu'est-ce qu'il y a ? ai-je questionné.

Elle a secoué la tête. Une mèche rose barrait son œil.

– C'est incroyable. En un jour, tu t'es liée d'amitié avec l'exclue du centre, tu as envoyé bouler les filles les plus admirées d'Hécate, et tu es tombée amoureuse du plus beau garçon du manoir. Si demain tu arrives à aller en prison, tu vas devenir une légende.

10

Il m'a fallu une semaine et demie pour devenir une légende. Les premiers jours se sont déroulés sans accrocs. Les cours étaient d'une simplicité consternante et paraissaient conçus pour que les professeurs puissent nous soûler de paroles. À ma grande déception, celui de Lord Byron était le plus ennuyeux de tous. Quand il ne parlait pas de son propre génie, il se renfrognait derrière son bureau et nous ordonnait de nous taire. Certains jours, néanmoins, il nous autorisait à aller nous promener autour de l'étang afin « de ne faire qu'un avec la nature ». Ces balades me plaisaient.

J'avais cru qu'on nous apprendrait des sorts, mais selon Jenna, ce genre de cours était réservé aux Prodigium ayant des parents riches qui envoyaient leur progéniture dans des internats de luxe et non dans un centre d'éducation surveillée comme Hécate. Nous étions donc condamnés à écouter des histoires de chasse aux sorcières ayant eu lieu au XVIe siècle et ce genre de trucs. Nul.

Au moins, Jenna était dans la même classe que moi.

– Il n'y a pas de cours sur l'histoire des vampires, m'a-t-elle expliqué. L'année dernière, ils m'avaient mise avec les sorcières et j'avais donc le même emploi du temps que Holly. Ils ont dû décider de faire pareil cette année.

Le seul cours auquel Jenna n'assistait pas était celui d'éducation physique qui s'appelait « combat à Hécate ». Il avait lieu tous les quinze jours et j'allais m'y rendre pour la première fois.

– Pourquoi seulement tous les quinze jours ? ai-je demandé à Jenna. Les autres cours sont programmés tous les jours.

J'ai enfilé l'affreuse tenue de gymnastique qu'on m'avait remise, consistant en un pantalon en coton bleu vif et en un tee-shirt collant de la même couleur, avec les initiales H. H. en lettres blanches et déliées, imprimées au-dessus de mon sein gauche.

– Parce que si tu assistais au cours de combat tous les jours, tu serais à l'hôpital, a rétorqué Jenna.

On ne peut donc pas dire que je me sentais très rassurée en me dirigeant vers la serre réaménagée en gymnase. Le lieu ne se trouvait qu'à une centaine de mètres du manoir, mais en y arrivant, j'étais en nage. Je n'étais pas stupide : je savais qu'il faisait chaud en Géorgie et j'avais déjà vécu dans des endroits torrides. Mais dans ces endroits, comme dans l'Arizona ou le Texas, la chaleur ne m'avait jamais donné l'impression de vouloir me vider de mon désir de vivre. Ici, l'humidité était telle qu'il me semblait que ma peau allait se couvrir de moisissures.

– Sophie ! a crié une voix.

En me retournant, j'ai vu Chaston, Anna et Elodie s'avancer vers moi. La tenue de gymnastique ultra-moche d'Hécate épousait leurs formes à merveille.

Cependant, quand elles se sont rapprochées, j'ai remarqué qu'elles transpiraient elles aussi, ce qui m'a soulagée. Nous avions plusieurs cours en commun mais elles ne m'avaient pas adressé la parole depuis la nuit de mon refus. Je me demandais ce qu'elles préparaient.

– Bonjour, ai-je dit d'un ton nonchalant. Alors ? Vous êtes venues m'annoncer qu'une bande de lapins est sur le point de mettre un terme à mon existence ? Ou vous vous apprêtez à faire jaillir des éclairs pour me foudroyer ?

Chaston s'est esclaffée et, à mon grand étonnement, a enroulé son bras autour du mien.

– Écoute Sophie, nous avons discuté et nous regrettons pour l'autre jour. C'est ton droit de ne pas vouloir devenir membre du clan, il n'y a pas de problème.

– Oui, a renchéri Anna en se plaçant à côté de moi. Nous avons exagéré.

– Vraiment ? ai-je dit.

– Nous voulons te présenter nos excuses, a ajouté Elodie, en marchant à reculons devant nous.

J'espérais qu'elle allait se cogner à un arbre.

– J'ai parlé à Archer, a-t-elle repris. Il m'a dit que tu étais sympa.

– Ah bon !

– Oui, et il m'a aussi confié que tu ne savais rien sur les Prodigium, ce qui était désolant.

J'ai essayé de sourire, mais je n'y suis pas parvenue.

– Et nous avons ensuite pensé que nous avions dû te faire peur, a informé Chaston.

– Ce n'est pas faux, ai-je répondu en scrutant la serre, un grand édifice de bois blanc et de verre, sur lequel le soleil matinal se reflétait, projetant des éclats aveuglants dans ma direction.

Contrairement au reste d'Hécate, l'édifice était pimpant. Les groupes d'élèves dispersés autour ressemblaient à des plants de myrtilles.

– Nous sommes désolées, a déclaré Anna.

Elles avaient dû répéter leur numéro. Je les ai imaginées assises en cercle dans leur chambre, se brossant les cheveux en expliquant : « Très bien, donc moi je lui dirai que nous regrettons et toi tu lui diras que ton petit ami la trouve pathétique. »

– Prête à repartir de zéro ? m'a lancé Chaston. On reste amies ?

J'aurais dû savoir que ça allait mal se terminer, mais avec un sourire bête, j'ai répliqué :

– Entendu, on reste amies.

– Super ! ont crié Chaston et Anna à l'unisson.

Elodie s'est contentée de marmonner son approbation.

– En tant qu'amies, nous aimerions t'avertir à propos du cours de combat, est intervenue Chaston alors que nous marchions vers la serre.

– Tu vas avoir affaire à la Vandy et elle est redoutable, a prévenu Elodie.

– Oui, la dame au chouchou, ai-je fait.

Elles ont roulé simultanément des yeux. S'entraînaient-elles aussi à nager de façon synchronisée pendant leur temps libre ?

– C'est ça, a soupiré Anna. Ce chouchou ridicule.

– La Vandy était une sorcière noire, a expliqué Elodie. Elle était douée mais trop ambitieuse. Elle travaillait pour le Conseil. Elle a essayé de diriger Hex Hall. C'est une longue histoire, mais à la fin, ils l'ont envoyée au siège du Conseil pour qu'elle subisse l'Opération.

– Et, a ajouté Anna dans un murmure conspirateur, venir à Hécate en tant que simple professeur et non directrice faisait partie de sa punition. Elle est censée servir d'exemple. C'est pour ça qu'elle est odieuse.

– Elle va s'en prendre à toi parce que tu es nouvelle, a confié Chaston.

– Elle est vaniteuse, a révélé Elodie. Si tu as des ennuis, complimente-la sur ses tatouages.

– Ses tatouages ? ai-je demandé.

De près, la serre était immense. Qu'y faisaient-ils pousser ? Des séquoias ?

– Elle a les bras couverts de tatouages violets représentant des symboles magiques genre runes, a répondu Elodie. Elle en est très fière. Si tu lui dis que tu les trouves magnifiques, la Vandy t'aura à la bonne toute ta vie.

Nous avons franchi l'entrée, Chaston me tenait toujours par le bras. La salle était vaste et donnait l'impression de l'être davantage car seule une cinquantaine d'adolescents de tous âges s'y trouvait. Deux garçons d'une douzaine d'années semblaient apeurés par leurs aînés. L'espace était lumineux et je pouvais sentir de l'air frais autour de moi, ce qui signifiait que le sortilège de climatisation du manoir fonctionnait aussi ici.

Comme dans un gymnase de lycée, on trouvait des tapis bleus en mousse, du parquet, des poids et des haltères. Mais certains détails me troublaient. Plusieurs paires de menottes étaient clouées au mur et un gibet trônait au fond de la salle.

Elodie s'est élancée vers Archer, lequel, tout compte fait, était moins maigre que je ne l'avais pensé. La tenue des garçons était la même que celle des filles, et son tee-shirt bleu mettait en valeur les muscles de son torse. Je n'ai pas réussi à détourner les yeux ni à réprimer la jalousie qui m'a saisie quand les lèvres d'Archer ont touché brièvement celles d'Elodie.

Une grande rousse m'a fait un signe de la main.

– Salut Sophie !

Un instant, je suis restée perplexe. Puis je l'ai reconnue. C'était Beth, le loup-garou. Je la trouvais plus sympathique quand elle ne me bavait pas dessus. Elle voulait que je la rejoigne, mais à ce moment-là, une voix nasillarde a tonné :

– Très bien !

Affublée du même ensemble bleu que le nôtre, la Vandy s'est frayé un chemin à travers la foule. J'ai aussitôt remarqué ses tatouages, d'un violet qui semblait encore plus vif sur ses bras pâles et fripés.

Un chouchou retenait ses cheveux bruns. De ses petits yeux porcins où brillait une lueur avide, elle surveillait les élèves. C'était comme si elle guettait une provocation afin de pouvoir écrabouiller l'insolent comme un insecte. Elle me faisait froid dans le dos.

– Je suis sûre que vos professeurs vous diront que vos cours d'histoire de la magie ou de classification de vampires ou encore de toilettage de loups-garous sont plus importants que le mien. Cependant, quelqu'un peut-il m'expliquer à quoi vous serviront ces cours quand un humain ou une Brannick ou, pire encore, L'Œil voudront vous attaquer ? Pensez-vous que des livres pourront vous sauver quand vous serez aux prises avec *L'Occhio di Dio* ?

Nous ne devions pas avoir l'air suffisamment inquiets car elle paraissait en colère. Son doigt a presque perforé le bloc-notes sur lequel elle pointait quelque chose.

– Mercer Sophia ! a-t-elle aboyé.

J'ai ravalé une insulte et levé la main.

– Présente.

– Venez !

Je me suis approchée. Elle m'a saisie par le bras pour me placer à côté d'elle.

– D'après mes informations, c'est votre première année à Hex Hall, mademoiselle Mercer ?

– Oui.

– Oui qui ?

– Oui, madame.

– Et c'est donc à cause d'un envoûtement amoureux que vous êtes ici. Était-ce pour vous, ou pour essayer de vous faire une amie parmi les humains ?

En entendant des ricanements, j'ai viré au rouge. Stupide teint blanc ! Sans attendre la réponse, la Vandy s'est agenouillée près d'un grand sac en toile et en a sorti un pieu.

– Comment pouvez-vous vous défendre contre ceci, mademoiselle Mercer ?

– Je suis sorcière.

Des gloussements me sont parvenus. Je me suis demandé si Archer riait.

– Vous êtes une sorcière, a répété la Vandy. Et alors ? Croyez-vous pouvoir survivre à un pieu enfoncé dans le cœur ?

– Non, ai-je bredouillé.

La Vandy a souri. Je n'avais jamais vu de sourire aussi dérangeant. De toute évidence, j'étais la victime du jour. Elle s'est détournée de moi pour scruter les élèves.

– Monsieur Cross !

Oh non, ai-je songé. *Pas lui.*

Archer s'est dirigé vers elle et s'est placé à sa gauche en croisant les bras. Un rayon de soleil illuminait ses cheveux qui n'étaient pas noirs, en fait, mais brun foncé, comme ses yeux.

Puis la Vandy m'a remis le pieu. J'ignore quel type de pieu les tueurs de vampires emploient en général, mais celui-ci n'était pas terrible. Fabriqué en bois grossièrement taillé, il me piquait les doigts et je l'ai laissé pendre au bout de mon bras. La Vandy m'a saisie par le coude et m'a forcée à brandir le pieu comme si j'allais le planter dans la poitrine d'Archer.

En levant le nez, j'ai remarqué qu'il se retenait de rire. Ses lèvres frémissaient et ses yeux étaient humides. Ma main s'est resserrée autour de mon arme. Poignarder Archer était une bonne idée, après tout.

– Monsieur Cross, a ordonné la Vandy avec un sourire, désarmez Mlle Mercer en employant la technique 9.

La gaieté s'est effacée du visage d'Archer.

– C'est une plaisanterie ? a-t-il répondu.

– Si vous refusez, je ferai la démonstration à votre place.

11

Un instant, j'ai cru qu'Archer allait renoncer, puis il m'a regardée et a marmonné :

– Entendu.

– Parfait ! a trillé la Vandy. Mademoiselle Mercer, attaquez M. Cross.

Je suis restée immobile. Je ne m'étais jamais servie ne serait-ce que d'une tapette à mouches.

Le sourire de la Vandy s'est durci.

– C'est quand vous voulez.

J'aurais bien aimé découvrir mon côté princesse guerrière et bondir sur Archer avec adresse en montrant les dents. Ça aurait été top.

J'ai levé le pieu à la hauteur de mon épaule et avancé de trois pas. Comme un étau, des doigts se sont refermés autour de ma gorge, le pieu a volé de ma main et j'ai senti une douleur aiguë à la cuisse droite en tombant au sol.

Comme si cela ne suffisait pas, alors que j'étais à terre, le genou d'Archer m'a frappée au sternum, juste au cas où il serait resté encore un peu d'air dans mes poumons. La pointe du pieu m'a éraflé le menton. Asphyxiée, j'ai regardé Archer qui m'a libérée en une seconde, mais, incapable de me relever, j'ai roulé sur le côté et attendu que l'oxygène circule de nouveau à travers mon organisme.

– Très bien ! a déclaré la Vandy.

Sa voix me semblait lointaine. Je voyais des étoiles et à chaque inspiration, j'avais l'impression de respirer du verre brisé. Mais au moins, je n'étais plus amoureuse d'Archer. Plus du tout. Quand un garçon vous enfonce son genou dans la cage thoracique, les sentiments amoureux se volatilisent comme les fantômes.

Puis j'ai senti des mains me prendre sous les aisselles et me soulever.

– Pardon, a chuchoté Archer.

Je l'ai fusillé du regard. Ma gorge me faisait encore souffrir et je n'osais pas parler, même si ce n'étaient pas les insultes qui me manquaient.

– M. Cross nous a montré son excellente technique, a dit la Vandy. Bien qu'à sa place, je serais restée plus longtemps sur la poitrine de l'adversaire.

Archer a hoché légèrement la tête en me regardant et je me suis demandé s'il cherchait à me faire comprendre qu'avec la Vandy, ça aurait été pire, et que c'était pour cette raison qu'il avait accepté de m'attaquer.

– Monsieur Cross, a gazouillé la Vandy. Technique 4.

Archer a secoué la tête.

– Monsieur Cross, a-t-elle insisté d'un ton ferme.

Archer a jeté le pieu à ses pieds. J'ai attendu la punition : éviscération, rempaillage de chaises ou, au minimum, des reproches. Les lèvres pincées, la Vandy a souri, a ramassé le bout de bois et me l'a tendu.

J'étais sûre que je n'allais pas tarder à vomir. Ne pouvait-elle pas torturer une autre nouvelle élève ? J'ai jeté un œil alentour et croisé quelques regards apitoyés, mais la majorité de l'assemblée semblait soulagée de ne pas être à ma place.

– Observez et apprenez, a-t-elle dit à l'audience. Technique 4. Attaquez-moi, mademoiselle Mercer.

Je l'ai dévisagée sans bouger. Sa main s'est avancée vers moi. Furieuse, j'ai levé la jambe et je lui ai décoché un coup de pied. Quand ma tennis a percuté violemment sa poitrine, j'ai eu l'impression qu'il s'agissait du pied de quelqu'un d'autre. Cela ne pouvait pas être le mien puisque je n'avais jamais fait ça de ma vie. Par ailleurs, je ne m'en prendrais certainement pas à un professeur.

Pourtant, c'était bien ce que je venais de faire. J'avais frappé la Vandy et l'avais envoyée valser sur le tapis bleu, non loin de l'emplacement où j'avais atterri plus tôt.

J'ai entendu des murmures de stupéfaction. Et à ce moment-là, j'ai enfin pris conscience de la gravité de mon acte. Je me suis agenouillée en lui proposant une main secourable.

– Pardon. Je... je n'ai pas voulu...

D'un geste brutal, elle a balayé ma main et s'est hissée sur ses pieds, les narines dilatées par la rage. J'étais cuite.

– Mademoiselle Mercer, a-t-elle dit en respirant bruyamment, m'évoquant un bœuf. À votre avis, y a-t-il une raison pour que je ne vous fasse pas incarcérer le mois prochain ?

Mes lèvres ont remué mais je suis restée muette. Puis je me suis rappelé le conseil d'Elodie – une bénédiction !

– J'adore vos tatouages ! ai-je lâché.

De nouveaux murmures se sont élevés dans la salle. La Vandy a incliné la tête sur le côté et m'a sondée de ses yeux porcins.

– Pardon ?

– Vos tatouages. La couleur. C'est super.

Je n'avais jamais vu quelqu'un avoir une rupture d'anévrisme mais la Vandy en semblait proche. J'ai regardé la foule d'élèves, à la recherche du visage d'Elodie. Elle souriait d'un air malveillant et j'ai compris que j'avais commis une terrible erreur.

– J'espère que vous ne comptiez pas profiter de votre temps libre, mademoiselle Mercer, a assené mon bourreau. Incarcération et corvée de cellier durant un semestre.

Un semestre ? C'était aberrant !

– Je vous en prie, madame, est intervenu Archer. Elle est nouvelle, elle ne l'a pas fait exprès.

– Vraiment, monsieur Cross ? Vous trouvez donc que sa punition est injuste ?

Il n'a rien répondu mais elle a pincé les lèvres comme s'il avait dit oui.

– Dans ce cas, la moitié de sa punition sera la vôtre, a-t-elle décidé.

Elodie a couiné, ce qui m'a fait plaisir.

– À présent, sortez de mon gymnase et allez voir Mme Casnoff, a déclaré la Vandy en se frottant la poitrine.

Archer avait filé avant qu'elle n'ait terminé sa phrase. Abasourdie, j'ai clopiné vers la sortie, ignorant les regards d'Elodie et de Chaston.

Archer marchait très vite, m'obligeant à trottiner pour le rattraper.

– Tu aimes ses tatouages ? a-t-il aboyé quand je l'ai enfin rejoint. Tu avais vraiment besoin d'en rajouter ? Tu crois qu'elle n'a pas assez de raisons de te détester ?

– Parce que, en plus, tu m'en veux ? Tu m'as presque broyé les os avec ton genou, je te signale, alors change de ton.

Il s'est arrêté si brusquement que je l'ai dépassé de trois pas avant de me retourner vers lui.

– Si ça avait été le genou de la Vandy, tu serais à l'hôpital, a-t-il répondu. Une fois de plus, excuse-moi de t'avoir aidée.

– Je n'ai pas besoin de ton aide ! ai-je crié.

– C'est ça, a-t-il rétorqué en repartant en direction du manoir.

– Pourquoi est-ce qu'elle aurait des raisons de me détester ? ai-je lancé.

– C'est ton père qui lui a infligé ces tatouages.

Je l'ai saisi par le coude mais mes doigts moites ont glissé sur sa peau.

– Attends. Qu'est-ce que tu viens de dire ?

– Ces tatouages signifient qu'elle a subi l'Opération. Ils symbolisent son échec et elle n'en est pas fière. Pourquoi est-ce que tu lui en as parlé ?

Je lui ai jeté un regard noir.

– Elodie, a-t-il marmonné.

– Oui. Ta petite amie et ses copines m'ont vraiment donné de bons conseils, ce matin.

Il s'est frotté la nuque, ce qui a tendu davantage son tee-shirt sur son torse.

– Je ne comprends toujours pas ce que mon père vient faire dans cette histoire, ai-je repris.

Archer m'a regardée d'un air incrédule.

– Sérieusement ? Tu n'es pas au courant ?

J'ai senti ma tension grimper. C'était comme le flux qui m'envahissait lorsque je pratiquais la magie, mais chargé d'un désir meurtrier, cette fois.

– Au courant de quoi ?

– Ton père est à la tête du Conseil. C'est lui qui nous a tous envoyés ici.

12

Après ces informations réjouissantes, j'ai fait quelque chose que je n'avais jamais fait. J'ai piqué une crise de nerfs. J'ai éclaté en sanglots. Et ce n'étaient pas des larmes élégantes. J'avais le nez bouché et le visage tout rouge.

D'habitude, j'évite de pleurer en public, surtout devant des garçons dont j'ai été amoureuse avant qu'ils n'essaient de m'étrangler. Mais apprendre une fois de plus que je n'étais pas au courant d'un fait qui me concernait m'humiliait. C'était la goutte d'eau qui faisait déborder le vase.

Archer ne semblait pas horrifié par mes sanglots, et c'était tout à son honneur. Il a même avancé la main vers moi pour me réconforter. Ou me gifler, qui sait ?

Néanmoins, avant qu'il ait le temps de me consoler ou de perpétrer d'autres actes de violence sur ma personne, j'ai virevolté de façon théâtrale et je me suis enfuie.

Ce n'était pas beau à voir.

Quoi qu'il en soit, je me fichais de ce qu'on pouvait penser de moi. Songeant uniquement à mon ignorance, les yeux et la gorge en feu, je courais, percevant le bruit de mes pas assourdis par l'herbe épaisse.

Je ne connaissais pas les sorts permettant d'immobiliser un adversaire.

Je ne connaissais pas la signification des tatouages de la Vandy.

Je ne connaissais pas L'Œil italien.

Je ne savais pas ce que faisait mon père.

Je ne savais rien sur les sorcières.

Quand je suis arrivée au bord de l'étang situé derrière le manoir, mes jambes tremblaient et j'avais un point de côté. Par chance, j'ai repéré un banc de pierre couvert de mousse. Le soleil l'avait rendu brûlant et j'ai grimacé en m'y posant.

Les coudes sur les genoux, la tête entre les mains, pantelante, j'ai écouté ma respiration. La sueur dégoulinait de mon front jusqu'à mes cuisses et j'ai commencé à avoir le vertige.

C'était la colère qui me mettait dans cet état-là. Que ma mère ait paniqué en apprenant que mon père était un sorcier, c'était son droit, après tout. Mais pourquoi ne m'avait-elle pas laissé lui parler avant de m'emmener ici ? Cela aurait permis à mon père de me prévenir à propos de la Vandy : « Au fait, ta prof de gym me déteste, et donc, par extension, elle te déteste aussi ! Bonne chance ! »

J'ai essayé de m'allonger. Au contact de la surface bouillante, je me suis aussitôt redressée. Sans réfléchir, j'ai posé ma main sur le banc en pensant : « Confort ». Soudain, une étincelle a jailli de mon index et le banc s'est étiré en ondulant sous moi, se transformant en chaise longue pourvue d'un revêtement de velours zébré de rose foncé. De toute évidence, les goûts de Jenna influençaient les miens.

Je me suis étendue sur ma chaise longue de luxe, sentant un bourdonnement agréable me traverser. N'ayant pas eu recours à la magie depuis mon arrivée à Hécate, j'avais oublié les bonnes sensations qu'elle procurait. Je ne pouvais pas créer quelque chose à partir de rien – peu de sorcières en étaient capables – mais je parvenais à métamorphoser des choses en différentes versions d'elles-mêmes.

Avec un sourire, j'ai posé ma main sur ma poitrine et regardé ma tenue de gymnastique se plisser et devenir un haut blanc accompagné d'un short kaki. Puis j'ai pointé un doigt vers l'étang et observé la spirale d'eau qui en jaillissait. Elle a pris la forme d'un verre de thé glacé et a volé jusqu'à mes lèvres.

J'en ai bu une gorgée. J'étais fière de moi et grisée par l'ivresse de la magie. Durant quelques minutes, mon bras moite plaqué sur mes yeux, j'ai écouté les oiseaux, le clapotis des vagues, oubliant un instant que de sérieux ennuis m'attendaient au manoir.

Baissant mon bras, je me suis tournée vers l'étang. Une fille se tenait sur la rive opposée. C'était le fantôme au gilet vert que j'avais vu lors de mon premier jour à Hécate. Elle me fixait. Effrayée, ne sachant comment réagir, je l'ai saluée de la main. Elle a agité la sienne en retour, puis, d'un coup, elle s'est évaporée dans l'air.

– Surprenant, ai-je maugréé.

Ma bonne humeur avait commencé à s'estomper en même temps que le bourdonnement. Mon short et mon haut blanc se sont dissous et ma tenue de gymnastique a réapparu. Bizarre. Normalement, mes sorts duraient plus longtemps que ça. La chaise longue était devenue moins confortable et je me suis dit que cinq minutes me séparaient d'un banc de pierre brûlant.

De nouveau, j'ai pensé à mes parents et à leur apparent penchant à mentir.

C'était parce que la pire de mes peurs semblait se réaliser. Être entourée de gens qui ne sont pas comme vous et se sentir différente d'eux était une chose. Être exclue d'un groupe d'exclus était un tout autre problème.

J'ai soupiré sur ma chaise longue qui commençait à se couvrir de mousse par endroits et j'ai fermé les paupières.

– Sophia Alice Mercer, ai-je marmonné. Un monstre parmi les monstres.

– Pardon ?

J'ai rouvert les yeux. Dos au soleil, une silhouette noire me surplombait, mais la forme de son chignon la rendait facilement identifiable.

– J'ai de gros ennuis ? ai-je demandé à Mme Casnoff.

Peut-être était-ce une hallucination due à la chaleur, mais je l'ai vue sourire tandis qu'elle plaçait une main sous mon épaule pour me forcer à m'asseoir.

– Selon M. Cross, vous êtes de corvée de cellier pour le reste du semestre, donc oui, vous avez des ennuis. Mais cette affaire concerne Mlle Vanderlyden, pas moi.

Elle a jeté un œil sur ma chaise à zébrures framboise et a grimacé de dégoût. Elle a touché le dossier et la chaise s'est muée en pluie de paillettes roses puis en un canapé à deux places bleu clair orné de motifs de roses épanouies.

– C'est mieux ainsi, a-t-elle déclaré en s'asseyant près de moi. Maintenant, pourriez-vous m'expliquer pourquoi vous vous trouvez ici au lieu d'être en classe ?

– Je suis en crise d'adolescence, madame Casnoff. Il faudrait que j'écrive ce que je ressens dans un journal intime.

– Le sarcasme n'est pas une qualité qui sied aux jeunes filles, Sophia. Je vous prie de me dire la vérité.

Je l'ai regardée. Elle semblait tellement convenable dans son tailleur ivoire (en laine malgré la chaleur !). Ma propre mère qui suivait la mode n'avait pas de prise sur moi. Comment ce magnolia fané au chignon laqué pouvait-elle m'aider ?

Puis j'ai haussé les épaules et vidé mon sac :

– Tout le monde ici a grandi entouré de magie, sauf moi. Je ne connais rien à l'univers des sorcières. C'est galère !

Sa bouche s'est pincée et j'ai cru qu'elle allait me sermonner sur mon langage mais elle a simplement répliqué :

– Vous ignoriez que votre père était le président actuel du Conseil, m'a dit M. Cross.

– Exact.

Elle a retiré une peluche de sa veste.

– Je ne connais pas les raisons pour lesquelles votre père a décidé de vous cacher sa fonction, mais je suis sûre qu'elles sont justifiées. De plus, votre présence ici est... sensible, Sophia.

– C'est-à-dire ?

Elle s'est tue un moment en fixant l'étang. Finalement, elle s'est tournée vers moi et a couvert ma main de la sienne. Malgré la chaleur, sa peau était fraîche, sèche et légèrement parcheminée. En étudiant son visage, j'ai remarqué des rides au coin de ses yeux, et pris conscience qu'elle était encore plus âgée que je ne l'avais pensé.

– Veuillez me suivre, Sophia. J'aimerais discuter de certaines choses avec vous dans mon bureau.

13

Son bureau se trouvait au premier étage, après le coin salon au mobilier vétuste. À ma surprise, celui-ci avait été remplacé par des fauteuils et des canapés blancs à rayures jaunes, bien plus gais que les précédents.

– Vous avez acheté de nouveaux meubles ? ai-je demandé.

Elle m'a regardée par-dessus son épaule.

– Non. C'est un sort de perception.

– Pardon ?

– Une idée de Jessica Prentiss. Les meubles du manoir reflètent l'état de celui qui les regarde. Cela nous permet de savoir ce que vous ressentez par rapport à cet établissement.

– J'ai donc imaginé les meubles miteux que j'ai vus avant ?

– D'une certaine façon, oui.

– Et la façade du manoir aussi ? Sans vouloir vous vexer, elle est toujours aussi glauque.

Mme Casnoff a ri.

– Non, le sort fonctionne uniquement dans les parties communes de la maison : la salle à manger, les salles de classe. Hex Hall doit conserver un peu de son aspect lugubre et de son atmosphère d'origine, vous ne pensez pas ?

Avant d'entrer dans son bureau, je me suis retournée vers le salon. Et j'ai vu onduler les canapés, les fauteuils, et même les rideaux. Ils scintillaient comme la chaleur s'élevant de l'asphalte.

Étrange.

J'avais pensé que le bureau de la directrice serait immense, avec de grandes fenêtres, une bibliothèque de livres anciens et d'énormes meubles de chêne. J'ai découvert une petite pièce dépourvue de vitres, imprégnée de l'eau de Cologne à la lavande de Mme Casnoff ainsi que d'une autre odeur plus amère : celle du thé. Une bouilloire électrique chuintait sur une table qui ne ressemblait pas du tout à la monstruosité que j'avais imaginée.

Des livres étaient empilés le long des murs. J'ai essayé d'en lire les titres, mais ceux qui n'étaient pas effacés étaient dans des langues étrangères que je ne connaissais pas. La seule chose qui était proche de ce à quoi je m'étais attendue était sa chaise. On aurait dit un trône. Revêtue de velours violet, elle était bien plus haute que la mienne. Assise en face d'elle, j'avais l'impression d'avoir six ans. Ce qui était probablement l'effet voulu.

– Du thé ? m'a-t-elle proposé depuis son trône.

– Oui, merci.

Elle m'a tendu une tasse de liquide rouge auquel elle avait ajouté du lait. À mon étonnement, il avait le même goût que celui que préparait ma mère en hiver ou quand il pleuvait, et que nous passions la journée à lire et à bavarder ensemble. Le goût familier m'a réconfortée et c'était aussi sans doute l'effet voulu.

– Comment pouviez-vous savoir...

– Je suis une sorcière, Sophia, a-t-elle coupé.

Je n'aime pas qu'on me manipule. Cela fait partie des choses que je déteste le plus. Avec les serpents. Et Britney Spears.

– Vous connaissez un sort qui permet de donner à un thé ordinaire le goût du thé préféré de celui qui le boit ?

Mme Casnoff a bu une gorgée et j'ai eu l'impression qu'elle réprimait un rire.

– C'est un peu plus compliqué que cela, a-t-elle répondu. Ouvrez la bouilloire.

Je me suis exécutée. La bouilloire était vide.

– Votre boisson préférée est le thé que fait votre mère. Si ça avait été de la limonade, vous auriez trouvé de la limonade dans votre tasse. Si ça avait été du chocolat chaud, c'est ce que vous auriez eu. C'est un sort de confort très utile pour mettre les gens à l'aise. Comme vous l'étiez avant que votre nature méfiante ne reprenne le dessus.

Elle était forte. Je n'avais jamais essayé un sort de ce genre. Mais je ne voulais pas lui montrer que j'étais épatée.

– Si la bière avait été ma boisson préférée, vous m'auriez servi un demi ?

Ses épaules se sont levées.

– Vous m'auriez mise dans l'embarras, a-t-elle répondu.

Elle a sorti un album de photos en cuir d'une pile de chemises posée sur son bureau.

– Dites-moi, Sophia, que savez-vous exactement de votre famille ?

Elle avait adopté une posture détendue.

– Pas grand-chose, ai-je répliqué avec prudence. Ma mère est originaire du Tennessee et ses parents sont morts dans un accident de voiture quand elle avait vingt ans. Elle...

– Je faisais référence à votre père, a coupé Mme Casnoff. Que savez-vous de sa famille ?

À présent, elle n'essayait même plus de dissimuler son impatience. J'ai soudain senti que quelque chose de très important dépendait de ma réponse.

– Tout ce que je sais, c'est que mon père est un sorcier et qu'il s'appelle James Atherton. Il a fait la connaissance de ma mère en Angleterre et prétend y avoir grandi, mais elle n'était pas sûre que ce soit vrai.

Avec un soupir, Mme Casnoff a posé sa tasse. Elle a fait glisser ses lunettes sur le haut de son crâne et parcouru l'album de photos.

– Sophia, il est impératif que cette conversation reste entre nous. Votre père m'a demandé d'attendre le bon moment pour vous montrer ceci, et j'estime que ce moment est venu.

J'ai approuvé d'un hochement de tête. Elle m'a tendu un cliché en noir et blanc. La jeune femme qui y figurait me regardait. Elle devait avoir quelques années de plus que moi et d'après son style vestimentaire, j'en ai déduit que la photo avait été prise dans les années 1960. Sa robe sombre flottait autour de ses mollets, comme soulevée par une brise. Ses cheveux clairs étaient probablement blonds ou roux.

Derrière elle, j'ai reconnu l'entrée de Hex Hall. Les volets étaient blancs à l'époque.

Elle souriait, mais d'un sourire forcé. Et ses yeux. Grands, espacés et très clairs. Les mêmes que ceux de mon père sur l'unique photo que je possédais de lui.

– Qui... Qui est-ce ? ai-je bredouillé.

– Votre grand-mère, a-t-elle révélé en se resservant du thé. Lucy Barrow Atherton.

Ma grand-mère. J'ai manqué d'air un instant. J'ai étudié le visage sur la photo, cherchant désespérément des traits de ressemblance.

Ses pommettes hautes étaient saillantes, j'avais une frimousse ronde. Son nez était plus long que le mien, et ses lèvres trop minces. Malgré son sourire, elle avait l'air triste.

– Elle est passée ici ? ai-je questionné.

– Lucy a été élevée à Hécate quand ce n'était pas encore une école. Cette photo a été prise peu de temps après la naissance de votre père, je crois.

– Vous l'avez connue ?

Mme Casnoff a secoué la tête.

– Je n'étais pas encore née. Mais la plupart des Prodigium ont entendu parler d'elle. Son histoire est unique.

Je m'étais souvent demandé qui étaient mes ancêtres paternels et au bout de seize ans, j'avais enfin la réponse.

– Pourquoi unique ?

– Le jour de votre arrivée, je vous avais parlé de l'origine des Prodigium. Vous vous en souvenez ?

J'ai acquiescé.

– Les anges en guerre avec Dieu.

– Oui. Il se trouve que votre arrière-grand-mère, Alice, est devenue une sorcière en 1939, à l'âge de seize ans.

– Je croyais qu'on naissait sorcière. Ma mère m'a dit que seuls les vampires étaient des humains au départ.

– En effet, c'est généralement le cas. Cependant, il y a toujours des humains qui essaient de changer leur destinée. Ils dénichent un livre de sortilèges ou d'incantations et tentent de convoquer les forces occultes, ce qui finit par entraîner leur mort. Votre arrière-grand-mère faisait partie des rares survivants.

Ne sachant que dire, j'ai bu mon thé. Le liquide était froid et le sucre amassé au fond de la tasse.

– Comment se fait-il qu'elle ne soit pas morte comme les autres ? ai-je demandé.

– Je ne sais pas vraiment. Si Alice a parlé à quelqu'un de son expérience, il n'existe aucun document écrit à ce sujet. On m'a rapporté qu'elle avait été en contact avec une sorcière très dangereuse qui cherchait à devenir plus puissante au moyen de la magie noire, laquelle est prohibée par le Conseil depuis le XVIIe siècle. Nul ne sait précisément ce qui s'est passé avec cette femme, une certaine Mme Thorne, ni si Alice savait à qui elle avait affaire. Quoi qu'il en soit, le sort destiné à Mme Thorne a métamorphosé Alice.

– Un sort de magie noire, donc ?

– Oui. Épouvantable. Qui a coûté la vie à Mme Thorne. Alice a eu la chance de ne pas mourir durant la transformation.

J'ai eu l'impression d'engloutir un bac de glaçons.

– Donc mon arrière-grand-mère est devenue une sorcière noire ?

Mme Casnoff a acquiescé tout en m'observant.

– Votre arrière-grand-mère était une aberration. Pardonnez-moi d'employer ce mot, mais je n'en trouve pas d'autre.

– Qu'est-ce qui lui est arrivé ? ai-je croassé avec inquiétude.

– Un membre du Conseil l'a retrouvée dans un asile d'aliénés de Londres. Elle délirait sur les sorcières et les démons. Il l'a conduite à Hécate avec Lucy, votre grand-mère.

– Ma grand-mère ? ai-je répété en baissant les yeux vers le cliché.

– Oui. Alice était enceinte. Le Conseil a attendu la naissance de sa fille avant de les amener toutes les deux ici.

Elle s'est resservi une tasse de thé. Il m'a semblé qu'elle ne souhaitait pas en dire davantage, mais j'ai quand même demandé :

– Et ensuite, que s'est-il passé ?

Mme Casnoff a remué sa petite cuillère avec la concentration d'un chirurgien.

– Alice était mécontente de sa métamorphose, a-t-elle répondu en évitant mon regard. Au bout de trois mois, elle s'est évadée. Une fois de plus, personne ne sait comment, mais elle possédait des pouvoirs très puissants. Puis...

– Puis quoi ?

– *L'Occhio di Dio* l'a assassinée, a-t-elle répondu en me regardant.

– Comment a-t-on su que c'était eux ?

– Ils emploient une méthode très particulière pour nous tuer. Après sa mort, Lucy est restée à Hécate où elle a été placée en observation.

– Pour une expérience scientifique ? ai-je dit d'un ton agressif.

– Les pouvoirs d'Alice étaient d'une puissance exceptionnelle et surpassaient ceux de tous les autres Prodigium. Savoir si elle avait transmis les mêmes à sa fille était capital pour le Conseil.

– Et alors ?

– Oui. Et Lucy les a transmis à votre père qui vous les a transmis.

14

Après notre petite réunion, Mme Casnoff m'avait autorisée à ne pas retourner en cours car mieux valait, selon elle, méditer sur ce que j'avais appris. Je n'avais aucune envie de méditer. J'ai foncé au deuxième étage. Dans l'alcôve située à l'entrée de mon couloir, une rangée de téléphones rouges avait été installée pour les élèves. Ils étaient poussiéreux car personne ne les utilisait. Les vampires contactaient leurs parents par télépathie, mais Jenna ne parlait plus à sa famille, je crois. Les métamorphes et les loups-garous parvenaient à se comprendre sans se parler, et les fées se servaient du vent ou d'un insecte pour envoyer leurs messages. Pas plus tard que ce matin, j'avais vu Nausicaa murmurer quelque chose à une libellule.

Quant aux sorcières, elles pouvaient communiquer de multiples façons, en faisant apparaître des mots sur un mur, par exemple, ou en donnant leur voix à un chat. Personnellement, je n'ai jamais essayé. Maman étant humaine, nous communiquions comme des humains.

J'ai saisi le récepteur de ma main moite. Quelques secondes plus tard, ma mère a décroché. Sans lui laisser le temps de dire bonjour, j'ai annoncé :

– Papa est président du Conseil.

– Oui, a-t-elle soupiré. Je voulais te le dire.

– Mais tu ne l'as pas fait !

Ma gorge s'était nouée et mes yeux me brûlaient.

– Sophie.

– Tu ne m'as rien dit ! Tu ne m'as pas expliqué qui était mon père, ni que j'étais apparemment la sorcière la plus puissante de tous les temps. Tu ne m'as pas dit que c'était lui qui m'avait condamnée à venir ici.

– Il n'avait pas le choix, a-t-elle répondu d'une voix lasse. Si sa fille avait bénéficié d'un traitement de faveur, il aurait été décrédibilisé auprès des autres Prodigium.

Je me suis essuyé la joue.

– Je ne veux surtout pas le décrédibiliser, ai-je dit d'un ton sarcastique.

– Chérie, laisse-moi appeler ton père et nous pourrons...

– Pourquoi est-ce que tu ne m'as pas dit que des gens voulaient m'éliminer ?

– Qui t'a dit ça ? a-t-elle demandé d'une voix encore plus furieuse que la mienne.

– Mme Casnoff.

À la fin de notre entretien, celle-ci m'avait confié que me protéger était l'une des raisons pour lesquelles mon père m'avait envoyée à Hécate. « Vous ne pouvez pas lui en vouloir, avait-elle ajouté. L'*Occhio di Dio* a assassiné Lucy en 1974 et votre père a été lui-même victime de plusieurs tentatives de meurtre. Durant les quinze premières années de votre vie, votre père avait pu garder votre existence secrète. Mais maintenant... *L'Occhio di Dio* ne devrait hélas plus tarder à découvrir que vous êtes sa fille, et vous seriez sans défense dans le monde des humains. »

« Et la famille irlandaise ? » avais-je croassé. Mme Casnoff avait évité mon regard en m'informant que les Brannick ne représentaient pas une menace en ce moment. Je savais qu'elle mentait, mais étant en état de choc, je n'avais pas réagi.

– Il paraît que papa m'a placée ici parce que je suis en danger, ai-je repris. C'est vrai ?

– Je veux parler à Mme Casnoff, a rétorqué ma mère. Tout de suite !

– Est-ce que c'est vrai ? ai-je répété, et comme elle ne répondait pas, je lui ai reposé la question en criant.

Dans le couloir, une porte s'est ouverte et j'ai vu apparaître Taylor. Quand elle m'a reconnue, elle a secoué la tête et refermé le battant.

– Écoute Sophie, a déclaré ma mère. Nous en reparlerons durant les vacances d'hiver, quand tu rentreras à la maison. Je ne tiens pas à discuter de cela par téléphone.

– Donc, c'est vrai, ai-je sangloté.

Après un long silence, elle a poussé un soupir et répondu :

– Nous en reparlerons plus tard.

J'ai raccroché d'un geste brutal. Le téléphone a protesté.

Je me suis laissé glisser le long du mur et une fois au sol, j'ai posé ma tête sur mes jambes repliées. Je suis mise à respirer lentement afin d'essayer d'endiguer le flot de larmes qui coulait sur mes joues. J'aurais dû être contente d'être une sorcière dotée de pouvoirs ultra-puissants. Je ne l'étais pas. Je me fichais d'avoir la peau brillante comme du mercure et des cheveux ondoyants autour de moi, je n'enviais pas du tout Elodie et ses copines. Je me voyais bien ouvrir une librairie spécialisée dans l'astrologie, les chakras, ce genre de choses. Et qui ferait aussi salon de thé. Ça, ça m'amuserait.

En levant les yeux, au bout du couloir, j'ai aperçu la fille de l'étang. Je me suis rendu compte qu'elle devait avoir le même âge que moi. Elle me regardait en fronçant les sourcils, et sa robe lui battait les mollets comme si un vent soufflait à travers ses jambes.

Puis, avant que j'aie le temps de lui demander qui elle était, elle a tourné les talons et descendu les marches sans produire le moindre son.

Cela m'a donné la chair de poule. Je n'aurais pas dû avoir peur d'un fantôme vu que j'étais dans un établissement peuplé de monstres, mais c'était quand même la troisième fois que cette fille se présentait à moi. Pourquoi ?

Lentement, je me suis levée et j'ai avancé dans le couloir. Avant de tourner au coin du mur, j'ai marqué une pause, redoutant de tomber sur elle.

Que pouvait-elle me faire ? Crier pour m'apeurer ? Marcher à travers mon corps ? Avoir la trouille d'un fantôme était quand même ridicule !

J'ai repris ma route en retenant mon souffle, et un corps bien solide m'a percutée. Jenna s'est esclaffée.

– Ah c'est toi, ai-je fait, soulagée.

– Ça va ? m'a-t-elle demandé avec inquiétude.

– La journée a été longue.

– Oui. J'ai appris ce qui s'était passé avec la Vandy.

J'ai gémi. Entre les secrets de famille, les assassins et les fantômes, j'avais oublié que des déboires plus imminents m'attendaient.

– C'est ma faute. Je n'aurais pas dû écouter Elodie.

– Non, tu n'aurais pas dû, a dit Jenna en entortillant sa mèche rose autour de son doigt. C'est vrai que tu es de corvée de cellier pour le reste du semestre ?

– Qu'est-ce que c'est, au juste ?

– C'est horrible. Le Conseil entasse des objets magiques défectueux, des rebuts, dans un cellier. Les élèves punis doivent essayer de les cataloguer.

– Essayer ?

– Les objets se déplacent sans cesse, leur attribuer un emplacement précis pour pouvoir les retrouver ensuite ne sert à rien puisqu'ils ne sont jamais au même endroit.

– Super, ai-je maugréé.

– Attention, Sophie ! a lancé une voix désagréable. La Sangsue a l'air affamée, aujourd'hui.

Au-dessus de l'épaule de Jenna, j'ai aperçu Chaston. Je ne l'avais jamais vue sans les deux autres. Cela m'a déstabilisée. Elle nous dévisageait avec l'expression dédaigneuse d'Elodie.

– Tais-toi ! ai-je répliqué d'un ton sec.

– Plat du jour : sorcière, a-t-elle ricané avant de disparaître dans sa chambre.

Près de moi, Jenna semblait encore plus blême que d'habitude. J'ai vu ses prunelles virer au rouge.

– La Sangsue, a-t-elle murmuré. C'est nouveau.

Je l'ai secouée doucement.

– Ne lui donne pas le pouvoir de te faire de la peine. Elle ne le mérite pas.

Jenna a hoché la tête.

– Tu as raison, a-t-elle approuvé, mais ses yeux étaient toujours rivés sur la porte de Chaston. Tu viens au cours de classification des métamorphes ?

– Casnoff m'a dispensée de cours aujourd'hui.

– Veinarde. À ce soir, alors.

Après le départ de Jenna, j'ai songé à aller lire dans ma chambre, mais finalement, je suis descendue à la bibliothèque. Comme le reste du manoir, la salle me paraissait maintenant moins moisie. Les chaises ne ressemblaient plus à des champignons prêts à m'engloutir.

En inspectant les étagères, j'ai rapidement trouvé ce que je cherchais. Le livre n'avait pas de titre, mais la couverture présentait un gros œil doré.

Je me suis installée sur une chaise et j'ai ouvert l'ouvrage en son milieu. Il y avait surtout des reproductions de tableaux et quelques photos d'un château en ruine se trouvant en Italie, et présenté comme le siège de *L'Occhio di Dio*. En tournant les pages, j'ai découvert la même peinture que j'avais vue dans le livre de ma mère. C'était aussi horrible que dans mon souvenir : la sorcière allongée, les yeux écarquillés d'épouvante, et l'homme courbé au-dessus d'elle, la menaçant d'un poignard d'argent. L'Œil était tatoué au-dessus de son cœur.

J'ai parcouru le texte accompagnant la reproduction.

Formée en 1129, ramification de l'ordre des Chevaliers du Temple, la société est née en France. À l'origine, il s'agissait d'un groupe chargé de débarrasser la Terre des démons. Puis ce groupe s'est établi en Italie et s'est baptisé L'Occhio di Dio – *L'Œil de Dieu. Très vite, ses membres ont mené de violentes attaques contre toutes sortes de Prodigium et contre les humains qui aidaient ces derniers. Au fil du temps, L'Œil de Dieu a fini par ressembler à une organisation terroriste. L'Œil de Dieu est un groupe d'élite composé d'assassins qui opèrent secrètement et dont l'unique but est la destruction totale de tous les Prodigium.*

– Sympa, ai-je murmuré.

Le reste du livre présentait l'histoire des dirigeants du groupe et leurs plus célèbres victimes. J'ai parcouru la liste de noms mais je n'y ai pas vu celui d'Alice Barrow. Mme Casnoff avait peut-être exagéré à propos de l'importance de cette femme.

J'allais refermer l'ouvrage quand une illustration en noir et blanc a attiré mon attention. Il s'agissait d'une sorcière étendue sur un lit, la tête tournée sur le côté, le regard vide. Deux hommes vêtus de noir se tenaient derrière elle et la regardaient. Leurs chemises ouvertes révélaient le tatouage de L'Œil. L'un d'eux brandissait un bâton très mince se terminant en pointe, comme un pic à glace. L'autre tenait à la main une jarre remplie d'un liquide noir suspect. J'ai lu la légende :

Bien que L'Œil exécute souvent ses victimes en leur arrachant le cœur, le groupe tue aussi les Prodigium en les vidant de leur sang. Nous ignorons encore pourquoi, si c'est pour faire croire qu'il s'agit du crime d'un vampire ou pour une autre raison.

En observant cette sorcière au regard mort, j'ai frémi. Elle n'avait pas de trous à la gorge, comme ceux qui avaient été découverts sur Holly, mais de toute évidence, les bourreaux l'avaient rendue exsangue.

Ce que je ne comprenais pas, c'est comment un membre de L'Œil avait pu s'introduire sur cette île protégée par de nombreux sortilèges. La présence d'un intrus aurait été forcément détectée. Or, selon le livre que j'avais continué à parcourir, L'Œil n'avait pas recours à la magie, ses membres n'avaient donc pas pu neutraliser un système d'alarme magique.

Plus tard, j'ai apporté en cachette le livre à Jenna et je lui ai montré la photo. Elle l'a regardée distraitement et s'est allongée sur son lit.

– L'Occhio di Dio ne commet pas de crimes de façon secrète ou discrète, a-t-elle déclaré en éteignant les lumières. Ils veulent que les gens sachent que c'est eux.

– Comment le sais-tu ? ai-je demandé.

J'ai cru qu'elle n'allait pas me répondre. Puis, finalement, dans l'obscurité, elle a articulé :

– Parce que je les ai vus.

15

Deux jours plus tard, j'ai commencé la corvée de cellier.

Je n'en avais jamais visité un de ma vie et celui-ci était particulièrement inhospitalier. D'abord, le sol était en terre battue. Malgré la chaleur extérieure, il y faisait frais et les murs sentaient le moisi. À la vue des ampoules électriques dénudées du haut plafond, de la petite fenêtre donnant sur un tas de compost situé derrière le manoir, des innombrables étagères garnies d'objets poussiéreux, j'ai soudain compris pourquoi un semestre entier de corvée de cellier aurait déprimé n'importe qui. Par ailleurs, dans un élan sadique, la Vandy avait décidé de nous imposer cette punition trois soirs par semaine, juste après le dîner. Alors, pendant que les autres bulleraient dans leur chambre ou travailleraient sur une dissertation pour Lord Byron, moi et Archer nous serions occupés à cataloguer des débris que le Conseil refusait de jeter, mais n'estimait pas assez importants pour être entreposés à son siège londonien.

Ce matin, Jenna avait tenté de me remonter le moral en me disant qu'au moins, je serais avec un beau mec.

– Archer ne me fait plus rêver depuis qu'il a essayé de me tuer ! avais-je fulminé. Et sa petite amie, c'est Satan en personne !

Néanmoins, quand la Vandy a commencé à nous expliquer ce que nous étions censés faire ici, je n'ai pas pu m'empêcher de regarder Archer à la dérobée. Comme d'habitude, il avait desserré sa cravate et roulé les manches de sa chemise. Posté sur les marches du cellier, à côté de moi, il observait la Vandy d'un air vaguement amusé. Ses bras croisés mettaient en valeur son torse et j'ai soudain trouvé profondément injuste qu'il soit le petit ami d'Elodie.

– Mademoiselle Mercer ! a aboyé la Vandy, me faisant sursauter et perdre l'équilibre.

Archer m'a rattrapée par le coude. Puis il m'a décoché un clin d'œil et j'ai aussitôt regardé la Vandy comme si c'était la personne la plus fascinante du monde.

– Dois-je répéter quelque chose ou vous avez tout compris ? m'a-t-elle demandé.

– Euh... non, c'est... c'est clair, ai-je bégayé.

Elle m'a dévisagée un instant. J'ai cru qu'elle allait m'achever avec une remarque pleine d'ironie, mais comme la plupart des gens méchants, la Vandy était bête. Elle a donc simplement émis un grognement en nous bousculant pour passer et gravir les marches de l'escalier.

– Une heure ! a-t-elle lancé par-dessus son épaule.

La vieille porte n'a pas grincé mais plutôt gémi de douleur quand elle l'a refermée. Puis j'ai entendu le bruit d'un verrou et demandé d'une voix alarmée :

– Elle nous a enfermés ?

– Oui, a confirmé Archer en saisissant le porte-bloc à pince qu'elle avait posé sur des bocaux.

– C'est... c'est illégal ! ai-je glapi.

Il a souri.

– Oublie ce qui est légal ici, Mercer. Ah, pendant que j'y pense... Tiens.

Il m'a tendu un paquet de mouchoirs en papier qu'il avait sorti de sa poche.

– Tu n'es qu'un sale type ! ai-je crié en jetant les mouchoirs à ses pieds. Pas étonnant qu'Elodie soit ta petite amie.

Puis, les joues en feu, je lui ai arraché le porte-bloc de la main et j'ai compté les pages retenues par la pince. Vingt au total, affichant chacune une liste de cinquante articles tels que : « Nœud coulant : Rebecca Nurse » ou « Main tranchée : A. Voldari ».

J'ai retiré les dix premières pages et les ai remises à Archer avec un stylo.

– C'est ta moitié, ai-je dit sans le regarder.

Je me suis ensuite dirigée vers l'étagère la plus éloignée de lui.

Il est resté un moment immobile et j'ai senti qu'il voulait dire quelque chose. Puis il a poussé un soupir et a marché vers l'autre extrémité de la pièce.

Durant quinze minutes, nous avons travaillé dans un silence total. La Vandy avait passé une éternité à nous expliquer notre tâche, mais ce que nous avions à faire était assez simple et fastidieux. Cela consistait à regarder les articles posés sur les étagères, à les trouver sur les feuilles de papier et à noter leur emplacement. Le seul problème provenait du fait qu'il était parfois difficile de les identifier. Par exemple, sur l'étagère G, à l'emplacement 5, se trouvait un morceau d'étoffe rouge qui pouvait correspondre à « Fragment de couverture, grimoire : C. Catellan » ou à « Fragment d'habit de cérémonie : S. Cristakos ».

Ou alors c'était quelque chose qui se trouvait sur la liste d'Archer. Nous aurions progressé plus vite si nous avions pu nous consulter l'un l'autre, mais je lui en voulais encore. Je me suis baissée pour ramasser un vieux tambour abîmé cerclé de cuir. J'ai scruté la liste, incapable de voir quoi que ce soit car ma vue se brouillait. Je n'arrivais pas à croire qu'Archer s'était moqué de moi parce que j'avais paniqué.

– C'était une blague, a-t-il soudain déclaré.

Je me suis retournée. Il était accroupi devant moi.

– Peu importe, ai-je répliqué en pivotant vers l'étagère.

– Qu'est-ce que tu as voulu dire à propos de moi et d'Elodie ?

J'ai roulé des yeux en me redressant puis je me suis approchée de l'étagère H.

– Tu n'as vraiment pas compris ? Après le sale tour qu'elle m'a joué l'autre jour, j'ai remarqué qu'elle aimait bien rire à mes dépens. Toi aussi, apparemment. C'est bien quand les couples ont un passe-temps en commun.

– Je te rappelle que c'est à cause d'elle que je suis ici ! Parce que j'ai essayé de t'aider.

– Je ne t'avais rien demandé, ai-je rétorqué, feignant d'observer des feuilles dans un bocal rempli d'un liquide ambré.

Puis je me suis aperçue que ce n'étaient pas des feuilles mais des cadavres de petites fées. Réprimant un cri de dégoût, j'ai parcouru mes pages à la recherche d'une indication telle que « Petites fées mortes ».

– Ne t'en fais pas, a lancé Archer. Ça ne se reproduira plus.

Nous sommes restés silencieux un moment, les yeux rivés sur nos listes.

– Est-ce que tu as vu quelque chose qui pourrait correspondre à un fragment de nappe d'autel ? a-t-il demandé.

– Va voir à l'étagère G, emplacement 5.

– Elodie n'est pas aussi méchante que tu le penses, a-t-il dit après un instant. Si tu la connaissais mieux, tu le saurais.

– C'est ce qui s'est passé entre vous ?

– Qu'est-ce que tu veux dire par là ?

J'ai dégluti. Je ne tenais pas à entendre Archer faire l'éloge d'Elodie, mais j'étais également très curieuse.

– D'après Jenna, tu faisais partie du club anti-Elodie. Qu'est-ce qui t'a fait changer d'avis ?

Il a détourné les yeux et s'est mis à saisir des objets au hasard.

– Elle a changé, a-t-il répondu à voix basse. Après la mort de Holly – tu as entendu parler d'elle ?

– Oui, par Elodie, Chaston et Anna.

Il a passé la main dans ses cheveux bruns.

– Je sais qu'elles continuent d'accuser Jenna. Quoi qu'il en soit, quand elle est arrivée à Hécate, Holly s'entendait bien avec Elodie. Et j'ai été fiancé à Holly.

– Fiancé ?

– Oui. Toutes les sorcières sont fiancées à un sorcier le jour de leur treizième anniversaire, c'est-à-dire un an après la révélation de leurs pouvoirs. Ça va ? a-t-il ajouté. Tu as l'air troublée...

Oui, je l'étais. À treize ans, je n'avais pas encore embrassé un garçon. Je n'aurais jamais envisagé de me fiancer à cet âge-là.

– Je trouve ça bizarre, ai-je fini par marmonner. Un mariage arrangé pour deux adolescents.

– On ne se marie pas, on se fiance. Et la sorcière a le droit de refuser ou d'accepter et même de changer d'avis plus tard. Mais en général, ce sont deux personnes dont les pouvoirs et la personnalité sont complémentaires et c'est une union réussie.

– Ça fait très roman à l'eau de rose.

– Tu exagères.

– En ce qui me concerne, je n'imagine même pas avoir un fiancé.

– Tu en as peut-être un.

Je l'ai dévisagé.

– Pardon ?

– Ton père est un homme important. Il a dû trouver quelqu'un pour toi quand tu avais treize ans.

L'idée qu'un sorcier ait l'intention de devenir un jour mon mari m'était insupportable. Je refusais d'y penser. Et si je le connaissais ? Et si c'était le garçon qui avait mauvaise haleine et qui s'installait derrière moi pendant le cours d'évolution de la magie ?

Il faudrait interroger ma mère à ce sujet quand je serais prête à lui adresser la parole.

– Continue ton histoire, ai-je dit à Archer.

– Personne ne se rendait compte qu'Elodie avait été bouleversée par la mort de Holly. Alors j'ai commencé à en parler avec elle et de fil en aiguille, cela nous a conduits à...

– Épargne-moi les détails glauques, ai-je coupé avec un sourire, même si j'étais déçue.

Car Elodie lui plaisait vraiment. En secret, j'avais espéré qu'il faisait semblant de l'aimer afin de pouvoir la jeter de la façon la plus embarrassante possible, et même s'arranger pour que ça passe à la télé.

– Écoute, a-t-il repris. Je vais demander à Elodie et à ses amies de te laisser tranquille. Mais tu devrais lui accorder une deuxième chance. Elle a des profondeurs cachées, tu sais.

– Épargne-moi les détails glauques, ai-je répété.

Il m'a regardée d'un air interloqué avant d'éclater de rire. Je me suis mise à glousser et, très vite, nous nous sommes retrouvés assis sur le sol en terre battue, en train d'essuyer nos larmes. Cela faisait longtemps que je n'avais pas piqué un fou rire.

– Je savais que je t'aimais bien, Mercer, a-t-il lancé.

J'ai rougi, soulagée que ce changement de couleur puisse être attribué à mon hilarité.

– Dis-moi, ai-je fait, en m'appuyant à une étagère pour reprendre mon souffle. Si Elodie a été fiancée à l'âge de treize ans, son promis, ce n'est pas toi ?

Il a secoué la tête.

– Mais comme je l'ai expliqué, elle n'est pas obligée d'accepter. Les fiançailles peuvent être renégociées. Et je suis quand même une belle prise, tu ne trouves pas ?

– Si, si, et tu respires la modestie.

Je lui ai jeté un stylo qu'il a rattrapé avec aisance. Au-dessus de nous, la porte a poussé un gémissement torturé et nous avons bondi sur nos pieds d'un air coupable, comme si nous avions été en train de nous embrasser.

Soudain, j'ai visualisé les lèvres d'Archer plaquées contre les miennes, et sans le vouloir, j'ai regardé sa bouche. Quand j'ai levé les yeux, il me dévisageait, impassible, avec ce regard qui m'avait coupé le souffle auparavant. La Vandy a braillé :

– Mercer ! Cross !

Sa voix grincheuse m'a fait l'effet d'une douche froide. Et en sortant du cellier, presque toutes mes images d'étreintes passionnées s'étaient dissipées.

– Même lieu, même heure, mercredi, a lancé la Vandy.

Nous avons piqué un sprint en direction de l'escalier principal. Bien sûr, Elodie attendait Archer dans le coin salon du premier étage. Elle était assise sur le canapé bleu élimé. Une lampe projetait une lueur dorée sur sa peau parfaite et révélait les reflets rubis de ses cheveux.

Je me suis tournée vers Archer qui regardait Elodie de la même façon que... eh bien, que je le regardais.

Je n'ai pas pris la peine de lui dire bonsoir. J'ai grimpé les marches jusqu'au palier suivant et j'ai filé dans ma chambre.

Jenna n'était pas là, et après toute la poussière du cellier, j'avais besoin d'une bonne douche. J'ai sorti une serviette de ma malle et un pyjama de ma commode.

Notre étage était désert. Les garçons et les filles avaient le droit de rester ensemble jusqu'à vingt et une heures et il n'était que dix-neuf heures, je me suis donc dit que tout le monde devait se trouver dans la salle de dessin, en bas.

Pensant toujours à Archer (et à tous les inconvénients que représentait le fait d'être amoureuse d'un mec qui sort avec une déesse), je me suis dirigée vers la salle de bains et j'ai ouvert la porte. La pièce était envahie par une épaisse vapeur et je pouvais à peine voir devant moi. En avançant d'un pas, j'ai senti de l'eau tiède autour de mon pied et un bruit m'est parvenu : on faisait couler un bain.

– Y a quelqu'un ? ai-je lancé.

Pas de réponse. J'ai d'abord cru qu'il s'agissait de la blague d'un élève qui avait laissé un robinet ouvert. Cela n'amuserait pas Mme Casnoff. L'eau chaude n'est pas recommandée pour l'entretien des sols datant du XIXe siècle.

La vapeur s'était détachée en lambeaux et s'échappait en flottant par la porte ouverte.

J'ai compris pourquoi le robinet était ouvert.

Mes yeux n'ont pas tout de suite accepté ce qu'ils voyaient. J'ai d'abord pensé que Chaston dormait dans la baignoire et que la couleur de l'eau provenait de sels de bain roses. Puis j'ai vu que ses paupières étaient entrouvertes, comme si elle était ivre. Et que c'était son sang qui avait fait rougir l'eau.

16

J'ai remarqué deux points sous son menton, et des entailles à ses poignets, qui dégoulinaient de sang sur le sol.

Sans réfléchir, je me suis précipitée vers elle en murmurant un sort de guérison. Il n'était pas très puissant – je l'avais déjà essayé pour soigner un genou écorché – mais c'était toujours mieux que rien.

Les deux trous à sa gorge se sont fermés puis rouverts. J'ai laissé échapper un sanglot. Pourquoi étais-je aussi nulle en magie ?

Chaston a battu des cils, comme si elle essayait de dire quelque chose. J'ai couru vers la porte.

– Mme Casnoff ! À l'aide !

Plusieurs têtes sont apparues dans le couloir.

– Oh non, a gémi quelqu'un. Ça ne va pas recommencer !

Mme Casnoff est arrivée vêtue d'un peignoir, les cheveux réunis en une longue natte pendant dans son dos. Dès qu'elle m'a vue, elle a pâli. Et la voyant si effrayée, j'ai senti mes genoux trembler et ma gorge se nouer.

– Chaston, ai-je bredouillé. Elle… il y a du sang.

Mme Casnoff m'a saisie par les épaules et a jeté un œil dans la salle de bains. Puis elle s'est rapprochée de mon visage.

– Sophia, allez chercher Cal. Savez-vous où il habite ?

J'avais l'impression d'avoir une omelette à la place du cerveau.

– Le gardien ? ai-je demandé bêtement.

Elle a hoché la tête en me serrant les épaules de ses mains.

– Il habite à côté de l'étang. Expliquez-lui ce qui s'est passé et faites-le venir. Vite !

Je me suis retournée et j'ai couru vers l'escalier. J'ai vu Jenna sortir de notre chambre et je l'ai entendue m'appeler, mais j'avais déjà franchi la porte d'entrée du manoir.

Même si la journée avait été chaude, la fraîcheur de la nuit me donnait maintenant la chair de poule. La lumière provenait du manoir situé derrière moi et les grandes fenêtres projetaient des rectangles gigantesques sur la pelouse. J'ai pris à gauche, en direction de l'étang, l'air frais s'infiltrant dans mes poumons comme des couteaux. Je pouvais à peine distinguer une forme sombre et j'espérais que c'était la maison de Cal et pas un cabanon servant de remise. Je n'arrivais pas à chasser de mon esprit l'image de Chaston saignant sur le carrelage noir et blanc.

En me rapprochant, j'ai pu constater que c'était bien une maison. Une musique assourdie s'en échappait et une petite lueur brillait derrière une fenêtre.

Je respirais si fort que je n'étais pas sûre de pouvoir articuler un mot.

Dès que j'ai toqué, la porte s'est ouverte à la volée. Cal se tenait devant moi. Je l'avais imaginé vieux, robuste et grognon. Éberluée, j'ai découvert qu'il s'agissait du garçon que j'avais pris pour le grand frère d'un élève, le jour de mon arrivée. Il n'avait pas plus de dix-neuf ans et portait une chemise en pilou à carreaux. Il semblait agacé.

– Les élèves n'ont pas le droit...

– C'est Mme Casnoff qui m'envoie, l'ai-je coupé. Chaston est blessée.

Dès qu'il a entendu le nom de la directrice, il a refermé la porte, m'a dépassée et a détalé à travers la pelouse en direction du manoir. Lessivée, j'ai trottiné dans son sillage.

Quand nous sommes arrivés à la salle de bains, Chaston était enveloppée dans une couverture. Des pansements couvraient sa gorge et ses poignets. Son teint était encore blafard et ses paupières closes.

Contre un lavabo, Elodie et Anna s'agrippaient l'une à l'autre en sanglotant. Agenouillée près de la tête de Chaston, Mme Casnoff lui murmurait quelque chose. Une incantation magique ou des paroles de réconfort.

Elle s'est détendue en voyant Cal, ressemblant davantage à une grand-mère inquiète qu'à un redoutable dragon.

– Enfin... a-t-elle chuchoté.

Son peignoir en soie était trempé jusqu'au niveau des

genoux et probablement fichu. Elle n'avait pas l'air de s'en rendre compte.

– Mon bureau, a-t-elle dit à Cal tandis qu'il se baissait pour soulever Chaston dans ses bras.

Mme Casnoff s'est avancée dans le couloir, écartant les bras pour éloigner les élèves rassemblés autour de la salle de bains.

– Laissez-nous passer, les enfants. Mlle Burnett va se remettre, je vous le garantis. Ce n'est qu'un petit accident.

Tout le monde s'est reculé. Le gardien a émergé avec Chaston. La joue de celle-ci reposait contre son torse et j'ai vu que ses lèvres étaient mauves.

Tandis qu'ils disparaissaient dans l'escalier, j'ai entendu un murmure admiratif derrière moi. Je me suis retournée. Siobhan se tenait dans l'encadrement de la porte de la salle de bains.

– Quoi ? m'a-t-elle lancé. Ne me dis pas que tu ne serais pas prête à perdre un peu de sang pour être emportée par *ça*.

Blêmes et tremblantes, Elodie et Anna sont sorties dans le couloir. Puis Elodie a regardé quelque chose situé derrière moi.

– C'est toi ! a-t-elle accusé.

J'ai pivoté et aperçu Jenna devant la porte de notre chambre.

– C'est toi ! a insisté Elodie en marchant vers Jenna, qui demeurait imperturbable.

L'ambiance s'est modifiée d'un coup dans le couloir. Malgré notre inquiétude pour Chaston, nous anticipions toutes une bagarre entre Elodie et Jenna, peut-être pour oublier le sang répandu sur le carrelage, peut-être parce que les adolescentes sont d'horribles créatures qui aiment voir d'autres filles se battre. Qui sait ?

Jenna a perdu son sang-froid une seconde, le temps de baisser les yeux. Quand elle les a levés de nouveau, elle avait repris une moue placide.

– Je ne vois pas de quoi tu parles, a-t-elle répondu.

– Menteuse ! a crié Elodie, des larmes roulant sur ses joues. Les vampires sont des tueurs. Tu n'as rien à faire ici !

– Elle a raison, a renchéri Nausicaa.

Ses ailes battaient, déplaçant des bouffées d'air tandis qu'elle avançait, menaçante. Les yeux sombres et luisants, Taylor la suivait.

Jenna a laissé échapper un rire forcé. Il y avait moins de filles autour d'elle, à présent. Elle paraissait toute petite et isolée.

– Qu'est-ce que vous croyez ? a-t-elle répliqué d'une voix chevrotante. Que les sorcières, les fées et les loups-garous n'ont jamais tué personne ?

Tous les yeux s'étaient rivés sur Elodie. Ses prunelles vertes étincelant de dédain, elle a rétorqué :

– Qu'est-ce que tu en sais ? Tu n'es même pas un vrai Prodigium.

Un murmure s'est élevé. Elle avait osé dire tout haut la seule chose que l'école entière pensait tout bas.

– Nos familles sont dotées de pouvoirs très anciens, a poursuivi Elodie. Nous descendons des anges. Et toi, de qui descends-tu ? Tu es un petit être humain pathétique qui a été mordu par un vampire, par un parasite. Tu es un monstre.

– Donc, c'est moi le monstre ? a rétorqué Jenna en tremblant. Et toi, Elodie ? Holly m'avait confié ce que tu essayais de faire avec tes copines.

J'ai attendu une réplique assassine d'Elodie, mais celle-ci semblait pétrifiée. Anna avait arrêté de pleurer et l'a poussée.

– Viens ! a-t-elle supplié d'une voix aiguë. Laisse-la.

– Je ne sais pas de quoi tu parles, a dit Elodie à Jenna, mais elle avait l'air d'avoir peur.

– Ton clan a essayé d'invoquer un démon, a répondu Jenna.

Elodie a soutenu son regard. Jenna a enchaîné, comme intimidée.

– Holly me l'a dit. Pour accroître vos pouvoirs, vous vouliez faire un rituel d'invocation et vous aviez besoin de sacrifier une victime pour... pour nourrir un démon.

– Un démon ? a répliqué Elodie qui avait repris contenance. Tu penses que Mme Casnoff, la Vandy et le Conseil nous laisseraient invoquer un démon ? Je t'en prie.

Quelqu'un a ricané dans le couloir, brisant la tension. Elles se sont toutes mises à rire.

Jenna est restée plantée à écouter les ricanements plus longtemps que je ne l'aurais fait, puis elle est retournée dans la chambre en claquant la porte.

Après son départ, les chuchotements ont commencé.

– Laquelle de nous est la suivante sur la liste ? a demandé Nausicaa à Siobhan.

Les ailes de celle-ci tremblaient.

– Moi, j'ai simplement volé pour rattraper le bus, a-t-elle répondu. Je ne mérite pas d'être enfermée ici avec des criminels.

– Jenna n'est pas une criminelle, ai-je affirmé, même si je n'en étais plus certaine.

Après tout, les vampires s'abreuvaient de sang humain. Ou de sang de sorcière.

En me rappelant son effort pour ne pas regarder mon sang quand je m'étais blessée, j'ai chassé mes craintes.

– Sophie a raison, est intervenue Taylor. Nous ne pouvons pas accuser Jenna sans preuves.

J'ignorais si elle était sincère ou si elle cherchait à énerver Nausicaa. Quoi qu'il en soit, j'appréciais son soutien.

– Merci, ai-je fait, mais Beth s'est interposée entre moi et Taylor.

– À ta place, je n'écouterais pas Sophie Mercer, Taylor.

J'ai dévisagé Beth. Avait-elle déjà oublié l'odeur de mes cheveux ? Ces moments d'intimité tout en reniflements ?

– J'ai discuté avec une métamorphe, a repris Beth. Et j'ai appris que le père de Sophie était président du Conseil.

Les filles m'ont fusillée du regard. Les autres, les plus jeunes, semblaient simplement interloquées.

– C'est son père qui a autorisé les vampires à s'inscrire ici, a poursuivi Beth, découvrant ses crocs luisants. Évidemment qu'elle va nous dire que Jenna est innocente. Autrement, on pourrait reprocher à son père de s'être trompé, et il risquerait de perdre sa place.

– Je n'ai jamais rencontré mon père et je ne suis certainement pas ici pour faire avancer son programme politique, ai-je rétorqué, excédée. J'ai enfreint les règles et j'ai été condamnée à venir à Hécate. Comme vous toutes.

Taylor a plissé les yeux.

– Ton père dirige le Conseil ?

Avant que j'aie le temps de lui répondre, Mme Casnoff a surgi sur le palier. Elle portait toujours son peignoir trempé et paraissait stressée, mais elle avait meilleure mine qu'auparavant.

– Mesdemoiselles, s'il vous plaît, a-t-elle déclaré d'un ton autoritaire. Grâce à l'aide de Cal, Mlle Burnett a repris connaissance et elle est en voie de rétablissement.

Profitant des murmures de soulagement, j'ai chuchoté à Anna :

– Qu'est-ce qu'il a fait, ce Cal ?

Je m'attendais à une remarque hostile sur ma stupidité, mais Anna était si heureuse que Chaston soit encore en vie qu'elle m'a gentiment répliqué :

– C'est un sorcier blanc très puissant. Il sait guérir des blessures que d'autres sorciers et sorcières ne parviennent pas à soigner.

– Alors pourquoi est-ce qu'il n'a pas guéri Holly ? ai-je demandé, et cette fois, j'ai eu droit à un regard méprisant.

– Grâce à ta petite camarade, Holly était déjà morte quand ils l'ont trouvée. Cal peut ranimer les vivants. Il ne peut pas ramener à la vie les morts. Personne ne le peut.

– Je vois, ai-je marmonné.

– Ses parents vont venir la chercher demain, a continué Mme Casnoff. Et j'espère qu'elle sera apte à revenir parmi nous après les vacances d'hiver.

– Est-ce qu'elle a parlé ? a questionné Elodie. Est-ce qu'elle a dit qui c'était ?

Mme Casnoff a froncé les sourcils.

– Pas encore. Et je compte sur votre discrétion concernant cet incident. Nous prenons cette affaire très au sérieux, néanmoins nous ne voulons surtout pas semer la panique dans cet établissement.

D'un air arrogant, Elodie a ouvert la bouche, mais le regard de la directrice l'a fait taire.

– Très bien, a conclu Mme Casnoff en frappant dans ses mains. Tout le monde au lit. Nous reparlerons de tout cela demain matin.

17

Lorsque j'ai regagné ma chambre, Jenna était recroquevillée sur la commode située près de la fenêtre, la tête posée sur les genoux.

– Jenna ?

– Ça recommence, a-t-elle dit sans me regarder. Comme avec Holly. Quand j'ai vu le gardien emporter Chaston, c'était pareil. Les trous dans la gorge, les entailles aux poignets. Sauf que Chaston était plus blanche. Holly était presque... grise quand ils l'ont évacuée.

Sa voix s'est brisée. Je me suis assise sur mon lit et j'ai posé ma main sur son genou.

– Ce n'est pas ta faute.

Elle a levé les yeux, les prunelles rouges de colère.

– Non, mais ce n'est pas l'avis des autres. On me prend pour un monstre assoiffé d'hémoglobine ! Je n'avais rien demandé, a-t-elle ajouté en descendant de la commode. Je ne voulais pas venir ici.

– Jenna... ai-je fait, tandis qu'elle sortait des vêtements de son placard et les jetait sur son lit.

– Je déteste cet endroit ! a-t-elle hurlé. Je déteste les cours d'histoire des sorcières du XIXe siècle ! J'aimerais apprendre l'algèbre. J'aimerais déjeuner à la cantine et manger de vrais plats. J'aimerais faire un petit boulot pour gagner un peu d'argent, et aller au bal de fin d'année. Je ne veux pas être un vampire !

Puis, s'asseyant sur son lit, elle a éclaté en sanglots et enfoui son visage dans le tee-shirt noir qu'elle tenait à la main.

J'ai regardé autour de moi, et pour la première fois, le rose m'a semblé moins guilleret que d'habitude. Et même triste, comme si, avec cette couleur, Jenna essayait de se raccrocher à une époque de sa vie plus heureuse que l'actuelle. Parfois, à certains moments, se taire est ce qu'on a de mieux à faire. C'était un de ces moments. J'ai donc traversé la pièce, je me suis assise à côté d'elle, et je lui ai caressé la tête, comme ma mère l'avait fait le soir où elle m'avait annoncé que je devais aller à Hécate.

Et après un instant, Jenna s'est calée contre ses oreillers et s'est remise à parler.

– Amanda était si gentille avec moi, a-t-elle murmuré.

Inutile de lui demander qui était Amanda. J'ai compris qu'elle allait enfin m'expliquer comment elle était devenue un vampire.

– C'était ce qui me plaisait. Elle était également mignonne, intelligente, drôle, mais ce que j'aimais le plus, c'étaient ses attentions. Personne ne s'était soucié de moi, avant elle. Quand elle m'a révélé ce qu'elle était et qu'elle m'a dit qu'elle voulait qu'on soit unies pour toujours, je ne l'ai pas crue. Jusqu'au jour où j'ai senti ses dents contre ma gorge...

Elle a marqué une pause et on n'a plus rien entendu dans la pièce, hormis le bruissement du vent dans les feuilles des vieux chênes.

– Quand je me suis transformée, c'était une expérience incroyable. Je me suis sentie plus forte et tellement mieux. Comme si le reste de mon existence n'avait été qu'un songe. Les deux premières nuits que j'ai passées avec Amanda ont été les plus belles de ma vie. Puis ils l'ont tuée.

– Qui, « ils » ?

Son regard a croisé le mien. Mon reflet minuscule était très pâle dans ses prunelles.

– L'Œil, a-t-elle répondu, et j'ai frissonné.

– Ils étaient deux. Ils sont entrés dans le motel où nous nous étions cachées et ils l'ont attaquée pendant qu'elle dormait. Elle s'est réveillée et s'est mise à hurler. Et tandis qu'ils étaient occupés à la maîtriser, j'en ai profité pour me sauver. Pendant trois jours, je me suis cachée dans la remise d'un jardin. Ce qui m'en a fait sortir, c'est la faim. Je suis allée voler un paquet de gâteaux fourrés à la crème dans un supermarché. Dès que j'ai mis le premier dans la bouche, j'ai cru que j'allais mourir. J'ai mâché deux bouchées avant de tout recracher. Quand le responsable du magasin est sorti, j'étais agenouillée sur le sol du parking. Il a vu le paquet, m'a traitée de voleuse, a crié qu'il allait appeler la police et j'ai...

Elle a détourné les yeux. J'ai posé ma main sur son

épaule. Je voulais essayer de la consoler ou de lui faire comprendre que peu m'importait qu'elle ait bu le sang du responsable, mais je n'arrivais pas à la regarder en face.

– Après ça, je me suis sentie mieux, a-t-elle poursuivi. J'ai pris un bus, je suis retournée en ville et je suis allée voir les parents d'Amanda. Le père d'Amanda avait été mordu dans sa jeunesse et avait transformé toute sa famille. Ils ont contacté le Conseil et j'ai été envoyée ici. Je ne voulais pas être un vampire sans Amanda, a-t-elle ajouté d'une voix plaintive. La condition, c'était qu'on puisse rester éternellement ensemble. Elle avait *promis*.

Des larmes brillaient sur ses joues.

– Qui aurait pu se douter que les filles pouvaient être aussi décevantes que les garçons ? ai-je commenté.

– Ils vont me renvoyer, a-t-elle gémi, les paupières closes.

– Pourquoi ?

Elle m'a regardée d'un air incrédule.

– À cause de Chaston. Avec Holly, ça fait deux victimes en l'espace de six mois. Quelqu'un va payer pour ça, et à tous les coups, ça va être ma pomme.

– Pourquoi ? ai-je répété.

Jenna était ma seule amie à Hécate. Archer aussi aurait pu être un copain, mais comme ses atouts physiques m'attiraient beaucoup, cela l'expulsait de la zone de l'amitié. Si Jenna partait, j'allais être à la merci d'Elodie et d'Anna.

Hors de question.

– Tu ne peux pas savoir ce que le Conseil va décider, ai-je insisté. Chaston va peut-être se souvenir de ce qui lui est arrivé. Sois patiente et demande à parler à Mme Casnoff. Demain, peut-être que tout le monde sera plus calme.

Son rire sarcastique m'a aussitôt indiqué ce qu'elle en pensait. Après un moment, elle s'est levée pour aller remettre ses vêtements dans le placard. Je l'ai aidée.

– Comment s'est passée la corvée de cellier ? a-t-elle questionné.

– Super.

– Tu en es où avec Archer ?

– Je suis toujours aussi amoureuse. Nous en sommes au même point.

Elle a hoché la tête en accrochant un de ses nombreux blazers d'Hécate à la barre du placard.

– C'est bon à savoir.

– Donc Elodie et son clan voulaient invoquer un démon ? ai-je questionné après un instant.

– C'était ce que m'avait confié Holly, a-t-elle répondu en fermant le placard. Mme Casnoff terrifie tous les élèves avec *L'Occhio di Dio* et Elodie et ses copines avaient peur. Elles ont pensé qu'avoir un démon au service de leur clan leur donnerait plus de pouvoir et qu'elles seraient protégées en cas d'attaque.

– Elles ont réussi à en invoquer un ?

– Je n'en sais rien.

Les lumières se sont éteintes, plongeant la pièce dans l'obscurité. J'ai entendu des cris de surprise provenant du couloir, puis la voix de Mme Casnoff a retenti :

– Au lit, les enfants !

Jenna a soupiré.

– Comment ne pas aimer Hex Hall ?

Nous nous sommes cognées dans les meubles en maugréant et nous avons regagné nos lits respectifs.

Je me suis laissé tomber sur le mien en gémissant. Au contact de mon oreiller frais et moelleux, j'ai compris combien j'étais fatiguée.

– Merci, a chuchoté Jenna.

– Merci pour quoi ? ai-je marmonné.

– Pour être mon amie.

– J'ai rarement entendu quelque chose d'aussi gnangnan.

Après un cri de protestation, un oreiller a atterri sur ma figure.

– Je voulais essayer d'être gentille, a-t-elle dit en riant.

– N'essaie pas. J'aime que mes amis soient méchants et haineux.

– Je veillerai à cela, a-t-elle répliqué, et quelques minutes plus tard, nous nous sommes endormies.

Les braillements de Jenna et une odeur de fumée m'ont réveillée. Je me suis redressée, perplexe. La lumière du matin éclairait le lit de Jenna et c'était de là que venait la fumée. Elle était debout, empêtrée dans ses draps, et la panique la rendait maladroite. Mes pieds ont à peine touché le sol quand j'ai bondi pour jeter ma couette sur elle. Puis j'ai distingué sa main couverte de boursouflures. Sans réfléchir, je l'ai poussée à l'intérieur du placard. Avec un drap, j'ai bouché la fente sous la porte fermée. Jenna pleurait encore mais elle ne poussait plus de cris de douleur.

– Qu'est-ce qui s'est passé ? lui ai-je demandé à travers la paroi de bois.

– Ma pierre de sang, a-t-elle sangloté. Elle a disparu !

J'ai jeté un œil sous son lit. La pierre était peut-être tombée. Le fermoir s'était peut-être cassé. J'ai regardé sous son oreiller. J'ai retiré tout ce qui se trouvait sur son matelas, que j'ai même retourné. Rien. La rage m'a saisie.

– Attends ici ! ai-je lancé à Jenna.

– Je ne vois pas où je pourrais aller ! a-t-elle rétorqué.

Quelques filles se trouvaient dans le couloir. Laura Harris, une élève à côté de laquelle je m'asseyais durant le cours d'évolution de la magie, m'a observée avec étonnement.

Je me suis ruée vers la chambre d'Elodie et j'ai tambouriné à la porte. Dès qu'elle l'a ouverte, je suis entrée en hâte.

– Où est-ce qu'elle est ? ai-je demandé.

– De quoi tu parles ? a répondu Elodie, les yeux cernés.

– De l'amulette de Jenna. C'est toi qui l'as volée, je le sais. Où est-ce que tu l'as cachée ?

Une lueur de colère a brillé dans ses prunelles.

– Je ne l'ai pas volée. Et même si je l'avais prise, Jenna le méritait après ce qu'elle a fait à Chaston hier soir.

– Elle ne lui a rien fait et tu aurais pu la tuer !

– Si ce n'est pas Jenna qui l'a attaquée, alors c'est qui ?

Son ton avait monté d'un cran, des filaments lumineux couraient sous sa peau et ses cheveux commençaient à grésiller. Je pouvais sentir mes propres pouvoirs magiques battre comme un deuxième cœur.

– Peut-être le démon que vous avez tenté d'invoquer, ai-je riposté.

– Si un démon était mêlé à cela, Mme Casnoff serait au courant. Nous le serions tous.

– Qu'est-ce qui se passe ? a soudain demandé Anna depuis l'entrée de la chambre.

Nous nous sommes retournées. Anna avait les cheveux mouillés et tenait une serviette à la main.

– Sophie pense que nous nous sommes emparées de l'amulette minable de Jenna, a déclaré Elodie.

– C'est ridicule, a répondu Anna, mais sa voix était tendue.

J'ai fermé les yeux et j'ai tenté de me calmer. Puis j'ai visualisé le collier de Jenna en murmurant « pierre de sang ».

Elodie a levé les yeux au ciel. Cependant, l'un des tiroirs de la commode d'Anna s'est ouvert en grinçant. La pierre en a jailli, rougeoyant en son centre, et a volé jusqu'à ma main.

La surprise s'est affichée un instant sur le visage d'Elodie, puis a disparu.

– Tu as eu ce que tu voulais, a-t-elle lâché d'un ton hargneux, alors sors, maintenant.

Anna avait les yeux baissés. J'avais envie de lui faire honte en la gratifiant d'une remarque cinglante, mais finalement j'ai décidé que cela n'en valait pas la peine.

Quand je suis retournée voir Jenna, ses pleurs s'étaient réduits à des reniflements. J'ai ouvert la porte du placard et je lui ai tendu le collier. Elle l'a replacé autour de son cou, est allée s'asseoir sur son lit et a regardé sa main brûlée.

– Il faut que tu fasses examiner ça, lui ai-je dit en me posant à côté d'elle.

Elle a acquiescé. Ses paupières étaient rouges et enflées.

– C'étaient Elodie et Anna ? a-t-elle demandé.

– Oui. C'était Anna. Elodie n'avait pas l'air au courant, mais je crois qu'elle aurait été ravie d'être impliquée.

Jenna a frissonné. J'ai écarté une mèche rose de ses yeux.

– Tu dois signaler ce qu'elles ont fait à Mme Casnoff.

– Non. Jamais de la vie.

– Jenna, ai-je insisté. Elles auraient pu te tuer.

Elle s'est levée en s'enveloppant dans ma couette. Elle me tournait le dos.

– Cela ne fera qu'empirer la situation, a-t-elle déclaré. Cela rappellera à tout le monde que les vampires sont différents de vous autres. Que je n'ai pas ma place ici.

– Jenna...

– Laisse tomber ! a-t-elle aboyé, toujours le dos tourné.

– Mais tu as une brûlure...

Elle a fait volte-face, les yeux carmin, les traits déformés par la rage. Ses crocs dépassaient et elle m'a saisie par les épaules en laissant échapper un sifflement. Il n'y avait plus la moindre trace de camaraderie sur son visage.

J'ai poussé un cri et elle m'a aussitôt relâchée. Les jambes flageolantes, je me suis effondrée au sol.

Jenna s'est accroupie, ses prunelles bleu pâle emplies d'excuses.

– Je suis désolée, Soph ! Ça va ? Parfois, quand je stresse...

Des larmes ont roulé sur ses joues. Puis elle a ajouté d'un ton suppliant :

– Écoute, je ne te ferai jamais de mal.

J'ai hoché la tête.

– Tout va bien, mesdemoiselles ?

C'était la voix de Mme Casnoff. La directrice se tenait sur le seuil de la pièce. Jenna a regardé par-dessus son épaule.

– Oui, tout va bien, ai-je répondu en me relevant. J'ai glissé et Jenna était en train de m'aider.

– Je vois, a-t-elle fait, en nous examinant tour à tour. Jenna, si cela ne vous ennuie pas, j'aimerais vous parler un moment.

– Entendu, a répliqué Jenna d'une voix hésitante.

Après leur départ, je me suis assise sur le lit de Jenna. J'avais mal aux épaules : elle me les avait presque broyées entre ses mains.

Je pouvais encore sentir l'odeur de sa peau brûlée, et j'ai commencé à me poser des questions.

18

Une semaine plus tard, nous n'avions eu aucune nouvelle de Chaston, et Jenna demeurait le suspect numéro un.

Après le dîner, je suis descendue au cellier avec Archer. C'était la quatrième fois et nous avions commencé à instaurer une routine. Durant les vingt premières minutes, nous inspections les étagères afin d'établir quels articles s'étaient déplacés depuis la dernière visite. En général, cela correspondait à la moitié des objets déjà catalogués par nos soins. Ensuite, nous effectuions une petite pause pour bavarder et à l'occasion, nous échangions une insulte, ce qui n'était guère étonnant. Car hormis l'adolescence, nous n'avions rien en commun, Archer et moi. Il avait grandi dans une maison cossue sur la côte du Maine. J'avais vécu avec ma mère dans toutes sortes d'endroits, passant de la chambre d'un *Ramada Inn* à un pavillon dans le Vermont. Néanmoins, j'aimais bien discuter avec lui. En fait, j'avais même commencé à maudire les jours où je n'étais pas de corvée de cellier.

Archer s'est assis sur les marches pendant que je me hissais sur une étagère vide.

Du doigt, il a désigné des jarres poussiéreuses entassées dans un coin. Deux d'entre elles se sont élevées dans les airs et se sont contorsionnées et tordues jusqu'à devenir des canettes de soda. Il a pointé son doigt vers moi et l'une d'elles a vogué dans ma direction. Je l'ai attrapée au vol, surprise par sa fraîcheur.

– Tu m'épates, ai-je déclaré, et j'étais sincère.

– Changer une jarre en canette de soda, tu parles d'un exploit ! Le monde peut trembler face à mes pouvoirs.

– Au moins, ça prouve que tu en as encore.

– Pardon ?

– Il y a des élèves qui disent que tu voulais qu'on te les enlève, que c'était ce qui t'avait poussé à partir.

J'avais cru qu'il s'agissait de rumeurs, mais Archer paraissait surpris.

– Alors c'est ce que tout le monde pense de moi, a-t-il déclaré.

– Ils savent qu'on ne te les a pas ôtés. Ils t'ont vu bloquer Justin, le jour de mon arrivée.

Il m'a décoché un sourire narquois.

– Vilain chien.

J'ai levé les yeux au ciel, mais je n'ai pas pu m'empêcher de lui sourire en retour.

– Tais-toi. Donc, où est-ce que tu es allé après avoir quitté Hécate ?

Il a haussé les épaules et posé ses coudes sur ses genoux.

– J'avais besoin de repos. Ça arrive. Bien que le Conseil donne l'impression qu'il ne laisse partir personne en dehors des périodes de vacances scolaires, on peut obtenir une autorisation en lui présentant une requête. Ils ont jugé que ça me ferait du bien, surtout après la mort de Holly.

En pensant à Holly, j'ai songé à Chaston. Lorsque ses parents étaient passés la chercher, ils étaient restés deux heures dans le bureau de Mme Casnoff, qui avait demandé à Jenna de les rejoindre.

Quand Jenna était revenue, après l'entretien, elle n'avait pas dit un mot. Elle s'était allongée sur son lit, les yeux rivés au plafond.

Mon changement d'humeur devait être apparent, car Archer m'a lancé :

– Comment va Jenna ?

– Mal, ai-je soupiré. Elle ne va plus en cours, ni dans la salle à manger. Elle quitte à peine son lit. Je ne sais pas ce que Casnoff lui a dit, mais le fait de l'avoir convoquée avec les parents de Chaston la rend coupable aux yeux de tous.

– Oui, Elodie est furieuse.

– La pauvre. J'espère que ça ne lui donne pas des rides.

– Ne te moque pas.

– Écoute, la seule amie que j'ai ici est accusée à tort et c'est Elodie qui mène la charge. Alors je ne peux vraiment pas m'apitoyer sur elle.

J'ai attendu une riposte de sa part, mais il n'a pas insisté. Il s'est levé et a marché vers sa liste.

– Est-ce que tu as vu un objet qui pourrait correspondre à « Instrument possédé par un démon : J. Mompesson » ?

– Peut-être.

J'ai sauté de l'étagère et avancé vers l'emplacement où j'avais découvert un tambour, l'autre jour. Naturellement, celui-ci avait disparu. Quand nous l'avons enfin localisé, nous avons déplacé une pile de livres derrière laquelle il se cachait, et les livres se sont désintégrés.

– J'espère que ce n'étaient pas des ouvrages importants, a commenté Archer, et à ce moment-là, la Vandy nous a délivrés.

Elle ne descendait plus l'escalier pour venir nous chercher, elle se contentait simplement de déverrouiller la porte du cellier.

Nous avons posé nos listes et commencé à gravir les marches. Du coin de l'œil, j'ai aperçu un éclair vert, mais en tournant la tête, je n'ai rien remarqué. Mes poils se sont hérissés le long de ma nuque.

– Ça va ? m'a demandé Archer en poussant la porte.

– Oui, ai-je menti, apeurée. Je peux te poser une question bizarre ?

– Ce sont mes questions préférées.

– Tu crois que quelqu'un pourrait invoquer un démon, ici ?

À la place d'un sarcasme, j'ai eu droit à un regard plein d'intensité.

– Pourquoi est-ce que tu tiens à le savoir ?

– Selon Jenna, Holly est morte parce que des filles ont invoqué un démon.

Archer a réfléchi un instant avant de secouer la tête et de répondre :

– Non, c'est impossible. Mme Casnoff le saurait s'il y avait un démon sur l'île. Ils ne passent pas inaperçus.

– Ah bon ? Ils sont comment, verts avec des cornes ?

– Pas forcément. Ils peuvent avoir l'air d'humains, comme toi et moi.

– Tu en as déjà vu un ?

Il m'a jeté un regard incrédule.

– Non, heureusement. Je n'ai pas envie de me faire arracher la tête.

– Je comprends. Mais tu es un sorcier. Tu as le pouvoir d'en tuer un ?

– Pas sans cette arme, a-t-il répondu en indiquant le vitrail des anges, au-dessus de l'escalier. Cette épée noire est la seule chose qui puisse tuer un démon. On la trouve uniquement en enfer, en acquérir une est donc assez difficile.

J'ai scruté le vitrail d'un air captivé.

– Archer ! a crié Elodie depuis le haut des marches.

– Salut, ai-je lancé en le dépassant.

– Mercer !

Je me suis retournée.

Il se tenait au pied de l'escalier, et sous la lumière douce du lustre, il était si beau que ça m'a fait mal.

– Quoi ? ai-je répondu d'un ton blasé.

– Arch ! a trillé Elodie en descendant à toute allure l'escalier.

Quand elle m'a croisée, Archer a détourné les yeux pour la regarder. J'ai poursuivi mon chemin avant de les voir s'enlacer.

19

Début octobre, le Conseil a reçu une déposition de Chaston, dans laquelle elle déclarait ne rien se rappeler concernant son agression. Jenna avait donc été autorisée à rester. J'avais cru que cette nouvelle effacerait les cernes sous ses yeux tristes, mais cela n'a eu aucun effet. J'étais la seule personne à qui elle parlait, mais elle souriait rarement et ne riait jamais.

Quant à moi, je commençais à m'adapter à ma vie à Hécate. Mes cours se passaient bien. Secouées par l'attaque de Chaston, Elodie et Anna avaient perdu leurs pulsions sadiques et ne m'avaient pas torturée pendant deux semaines. À la mi-octobre, tout était rentré dans l'ordre, ce qui pour elles signifiait le retour aux railleries habituelles et aux bavardages sur la mode.

J'évitais de m'accrocher avec la Vandy, même si elle m'avait imposé Archer comme partenaire permanent durant le cours de combat, sans doute en nourrissant l'espoir qu'il me tuerait un jour par inadvertance. Néanmoins, cela ne se passait pas trop mal, bien que la proximité forcée ait fini par devenir une torture. En fait, que ce soit dans le cellier ou dans le cours de la Vandy, plus nous passions de temps ensemble, plus je commençais à soupçonner que mon attirance dépendait d'autre chose, de quelque chose d'impossible à nommer. Ce n'était pas seulement à cause de sa beauté, c'était la façon dont il passait la main dans ses cheveux. Et la façon dont il me regardait comme s'il me trouvait intéressante. Et la façon dont il s'illuminait quand il riait à mes blagues. Ou tout simplement le fait que je le faisais rire.

Et à mesure que notre intimité croissait, mon antipathie envers Elodie grandissait. Il avait dit qu'elle n'était pas superficielle, mais en deux mois passés à Hécate, je l'avais surtout entendue parler de sorts qui rendent les cheveux brillants ou font disparaître les taches de rousseur. Même sa dissertation pour Lord Byron tentait de démontrer que la beauté physique augmentait les pouvoirs d'une sorcière, car permettait d'entrer en contact plus facilement avec les humains. Ridicule. À présent, assise derrière elle durant le cours de Mlle East, je levais les yeux au ciel pendant qu'Anna parlait de la robe qu'elle allait fabriquer pour le bal d'Halloween, dans deux semaines :

– La plupart des gens pensent que le rose ne va pas bien aux rousses. Mais ça dépend du ton de rose. Quand il est très pâle ou très foncé, ça passe. C'est le rose bonbon qui est vulgaire.

Et elle a regardé Jenna qui, assise à côté de moi, s'est mise à entortiller nerveusement sa mèche autour de son doigt.

Je lui ai donné un coup de coude.

– N'écoute pas ces idiotes.

– Que venez-vous de dire, mademoiselle Mercer ?

J'ai levé le nez. Mlle East me surplombait, une main posée sur la hanche. Avec Jenna, nous avions un jour déclaré qu'elle s'habillait en dominatrice. Très mince, elle avait toujours les cheveux tirés en chignon au-dessus de la nuque et ses vêtements étaient noirs, assortis de chaussures à talons aiguilles ; elle se déplaçait comme un mannequin sur la scène d'un défilé de mode parisien. Mais comme tous les professeurs d'Hécate, Mlle East n'avait hélas aucun sens de l'humour.

– Je parlais des magiciennes, ai-je bredouillé. Je disais qu'il y en avait beaucoup ici.

Tous les élèves se sont esclaffés à l'exception d'Elodie et d'Anna qui me fusillaient du regard.

Les commissures des lèvres de Mlle East se sont affaissées d'un centimètre. À mon avis, elle évitait de froncer les sourcils par crainte d'attraper des rides.

– Quelle brillante observation, mademoiselle Mercer. Toutefois, vous savez fort bien que je ne tolère pas qu'on interrompe...

– Je n'ai rien interrompu ! ai-je coupé, observant sa bouche s'affaisser davantage.

– Puisque vous avez tant de choses à dire, vous me rédigerez quelques pages sur les différents types de sorcières. Deux mille mots, et pour demain.

– Quoi ? ai-je protesté. C'est injuste !

– Je vous prie de sortir de ma classe. Et j'espère qu'en même temps, vous aurez des excuses à me présenter.

J'ai ravalé mon indignation, rangé mes affaires sous le regard compatissant de Jenna et le rictus dédaigneux d'Elodie et d'Anna, puis je me suis fait violence pour refermer la porte sans la claquer.

Dans le couloir, j'ai jeté un œil sur ma montre. Il me restait quarante minutes à tuer avant le prochain cours. Je suis passée déposer mes livres dans ma chambre avant d'aller me promener.

C'était une de ces journées magnifiques que seul le mois d'octobre semble capable de produire. Le ciel était d'un bleu cristallin, les arbres encore verts, avec quelques feuilles orange et dorées pointant çà et là. Une légère odeur de fumée imprégnait la brise fraîche et j'étais contente d'avoir mis mon blazer. Donc malgré le sentiment d'injustice que j'éprouvais d'avoir été chassée de la classe de Mlle East, j'étais plutôt heureuse de pouvoir profiter d'une liberté inattendue, même si j'allais être obligée d'y mettre un terme pour rédiger un devoir stupide sur les sorcières.

Mais avant d'écarter grand les bras en entonnant le refrain d'une chanson sur les couleurs du vent ou autre chose du même cru, j'ai entendu une voix me lancer :

– Qu'est-ce que tu fais ici au lieu d'être en cours ?

J'ai fait volte-face. C'était Cal, le gardien. Comme d'habitude, il portait sa tenue de bûcheron : chemise écossaise, jean. Cette fois, il avait même un accessoire : une hache dont la lame luisait contre sa botte.

J'ai dû faire une tête bizarre, peut-être celle d'Elmer Fudd, quand les yeux lui sortent des orbites à la vue de Bugs Bunny déguisé en fille.

Cal a posé sa hache sur son épaule.

– Détends-toi. Je ne suis pas un psychopathe.

– Je sais ! ai-je aboyé. Vous êtes un guérisseur.

– Un gardien.

Nos deux dernières rencontres m'avaient donné l'impression d'avoir affaire à un Néandertalien. Blond, baraqué, il aurait pu être le quart-arrière d'une équipe de football américain. Par ailleurs, je ne l'avais jamais entendu aligner plus de trois mots, mais après tout, il ne fallait peut-être pas se fier aux apparences.

– Gardien comme Hagrid, le demi-géant barbu de l'école Poudlard ? C'est bizarre comme métier pour quelqu'un qui possède le don de guérir les autres par le toucher.

Il a souri, révélant des dents blanches et parfaites. Quel drôle d'endroit. Même les gardiens ressemblaient à des mannequins.

– Vous vous rendriez sûrement plus utile en guérissant des gens plus importants que nous, ai-je ajouté.

Il a haussé les épaules.

– Quand j'ai terminé ma scolarité à Hécate, l'année dernière, j'ai proposé mes services au Conseil. Ils ont décidé qu'il fallait m'employer à protéger leurs plus précieux trésors. Toi, par exemple, a-t-il murmuré.

Sur un ton si intime que j'ai failli me mettre à glousser et à rougir. Puis je me suis maîtrisée. Archer me rendait déjà suffisamment bête, si je me laissais troubler par le gardien, j'allais devenir carrément débile !

Sans doute a-t-il pris conscience de mon embarras car il a ajouté :

– Enfin, je voulais dire toi et les autres élèves.

– Oui.

– Quoi qu'il en soit, je ne sais pas quel cours tu avais l'intention de sécher – portraits de fées du XVIIIe siècle en France ou autre chose encore plus rasoir – mais tu dois y retourner.

Une brise fraîche s'était mise à souffler à travers l'étang et j'ai croisé les bras, légèrement énervée.

– En fait, je ne sèche pas. J'ai été renvoyée du cours d'évolution de la magie.

– Ma pauvre. Corvée de cellier pendant un semestre, renvoyée de cours...

– Je sais. Apparemment, j'énerve tous les profs de cette école.

À ma surprise, Cal a secoué la tête.

– Non, ce n'est pas ça, je crois.

Au loin, j'ai entendu le son métallique de la cloche qui annonçait les changements de cours. Je voulais arriver à l'heure à celui de Lord Byron mais la réponse de Cal m'intriguait.

– Qu'est-ce que vous voulez dire par là ? ai-je demandé.

– Ton père est président du Conseil. Les profs ne veulent pas être accusés de favoritisme à ton égard et du coup, ils exagèrent dans l'autre sens. Tu comprends ?

J'ai acquiescé. Pourquoi n'étais-je pas étonnée d'apprendre qu'une fois de plus, c'était à cause de mon père ?

– Ça va ? s'est-il enquis, la tête inclinée sur le côté.

Avec la gaieté d'une majorette droguée au Tang orange, j'ai trillé :

– Oui ! Il faut que je file !

En le dépassant, j'ai failli heurter son épaule. *Il est vraiment bâti comme un chêne,* ai-je pensé en accélérant l'allure.

Le cours avait déjà commencé quand je suis arrivée. J'ai eu droit à des remontrances en pentamètres iambiques et Lord Byron m'a demandé d'écrire cinq pages au sujet de mes retards récurrents.

– Il faut que je trouve un sort pour les devoirs, ai-je chuchoté à Jenna en m'installant près d'elle.

Elle a haussé les épaules et s'est remise à dessiner des visages dans son carnet. Des visages qui ressemblaient beaucoup à ceux de Holly et de Chaston.

20

Ce soir-là, pendant qu'Archer cataloguait, j'ai commencé mon devoir pour Mlle East. J'avais déjà rédigé celui pour Byron durant le cours de classification des métamorphes. Cela avait été facile : amoureux de sa propre voix, M. Ferguson, notre professeur, prêtait rarement attention à ses élèves. D'habitude, avec Jenna, nous en profitions pour nous écrire des mots, mais depuis quelque temps, elle ne faisait plus que dessiner dans son carnet ou essayait de disparaître à l'intérieur d'elle-même.

Dans le cellier, nous en étions arrivés à un point où nous ne cataloguions pas plus de dix articles en une heure. La Vandy ne nous avait fait aucun reproche à ce sujet, ce qui prouvait, comme je l'avais soupçonné, que le véritable but de sa punition était de nous enfermer ensemble trois fois par semaine. Après tout, notre travail ne servait à rien puisque les objets changeaient sans cesse de place. Je passais donc beaucoup de temps à bavarder avec Archer, lequel était devenu mon seul ami,

Jenna étant trop occupée à s'apitoyer sur son propre sort. Elodie et Anna avaient totalement renoncé à me solliciter pour que je fasse partie de leur clan. D'après les rumeurs, elles cherchaient maintenant des sorcières blanches, ce qui signifiait qu'à leurs yeux, j'étais tombée très bas. En fait, elles devaient estimer que je ne méritais même plus leur mépris. Et même si je me répétais que je m'en fichais, je me sentais de plus en plus seule à Hécate.

– Tu crois que les profs m'en veulent à cause de mon père ? ai-je demandé à Archer.

– Probablement, a-t-il répondu en se hissant sur une étagère vide. Les Prodigium ont un ego surdimensionné. Ils n'apprécient pas tous ton père et Casnoff ne tient pas à ce que les parents des autres élèves pensent que tu bénéficies d'un traitement de faveur, simplement parce que ton paternel est quasiment leur roi. Ce qui fait de toi une princesse, d'ailleurs.

J'ai levé les yeux au ciel.

– C'est ça. Et il ne me reste plus qu'à astiquer mon diadème.

– Ce rôle t'irait à merveille, Mercer. Tu es déjà une parfaite petite pimbêche.

– Je ne suis pas une pimbêche !

Il a affiché un sourire malicieux.

– Je t'en prie. Le jour de ton arrivée, tu étais aussi imperméable et glaciale que la banquise.

– Parce que tu t'étais moqué de moi en sous-entendant que j'étais nulle en tant que sorcière !

– C'est vrai que tu étais nulle, a-t-il répondu en riant.

Et nous avons déclamé à l'unisson :

– Vilain chien !

Quand notre rire s'est éteint, j'ai déclaré :

– En fait, tu as l'habitude de rencontrer des filles qui se comportent avec toi comme des groupies face à une rock star. Je ne suis pas comme ça.

Je m'étais replongée dans mon devoir et comme il ne disait rien, j'ai levé la tête. Il m'observait d'un air étrange.

– Pourquoi ? a-t-il demandé.

– Pardon ?

– Pourquoi est-ce que tu ne te comportes pas comme les autres filles ? Je ne suis pas ton genre ?

Peut-être était-ce à cause de tout ce temps que nous passions seuls dans le cellier, et qu'à force de nous battre ensemble pendant le cours de combat, le corps de l'autre était devenu plus familier, mais notre relation avait commencé à changer. Je ne me faisais pas d'illusions, je savais qu'il n'était pas amoureux de moi, néanmoins, des moments ambigus comme celui-ci se produisaient de plus en plus souvent entre nous.

– Non, ai-je fini par répondre. J'ai toujours été attirée par le genre studieux et timide. Les beaux garçons arrogants ne me font pas fondre.

– Donc, tu me trouves beau ?

– Tais-toi. Et tes parents ? ai-je ajouté pour changer de sujet.

Il a sursauté.

– Quoi ?

– Est-ce qu'ils aiment mon père ?

Il a détourné les yeux et haussé les épaules.

– Mes parents préfèrent rester en dehors des affaires politiques. Est-ce que tu as vu « Dent de vampire : D. Frocelli ? » a-t-il demandé en regardant sa liste.

J'ai secoué la tête. Les yeux rivés sur mon devoir, je me suis demandé pourquoi Archer semblait gêné par ma question. En six semaines, il n'avait jamais évoqué sa famille, et bien sûr, le fait de découvrir qu'il ne voulait pas en parler aiguisait maintenant ma curiosité.

Jenna pourrait peut-être me renseigner à ce sujet. Mais Jenna n'adressait plus la parole à quiconque et traversait une période difficile. Je n'allais quand même pas l'embêter avec mes histoires d'amour.

Quand la Vandy est venue nous libérer, j'avais presque terminé mon devoir. J'aurais le temps de le finir, demain matin, avant le premier cours.

En avançant dans le couloir qui menait à ma chambre, je suis passée devant la porte ouverte d'Elodie et j'ai entendu la voix chantante d'Anna qui disait :

– Si c'était mon petit ami, je me méfierais.

Je me suis arrêtée. Elodie a répondu :

– Si Archer était de corvée de cellier avec une autre fille, je m'inquiéterais. Mais Sophie est loin d'être une beauté, il ne risque pas de se retourner sur son passage, crois-moi.

C'est drôle. Je savais qu'Archer ne me désirait pas, mais l'entendre de la bouche d'Elodie était vraiment déprimant.

– Elle a quand même un sérieux décolleté, a souligné Anna.

– Oh, je t'en prie ! Elle est petite, elle a un visage ordinaire, il faut plus qu'une forte poitrine pour compenser cela. Et cette tignasse !

Même si je ne la voyais pas, je suis sûre qu'elle frémissait de dégoût. Pour ma part, je commençais à me sentir nauséeuse. Évidemment, j'aurais dû m'éloigner au lieu de l'écouter, mais je n'y arrivais pas. C'est curieux qu'on tienne toujours à entendre ce que les gens ont à dire de nous, même si c'est horrible. Et vous savez, Elodie ne m'apprenait rien de nouveau. J'étais petite, quelconque, et j'avais le cheveu rebelle. Je m'étais reproché ces défauts des centaines de fois. Alors comment se faisait-il que des larmes me picotaient les yeux ?

– Oui, mais Archer est bizarre, a argué Anna. Durant sa première année à Hécate, il était méchant avec toi. Il te traitait d'idiote, de poupée Barbie superficielle et de...

– C'est du passé, a coupé Elodie tandis que je réprimais un rire.

Archer avait donc été un garçon sensible à une époque. Qu'est-ce qui l'avait fait changer d'avis ? Elodie possédait-elle réellement des profondeurs cachées, comme il l'avait prétendu ? Parce que je n'avais toujours rien entendu de plus profond qu'un pot de chambre.

– Quoi qu'il en soit, a-t-elle repris, au cas où Archer serait suffisamment malade pour la trouver désirable, après le bal d'Halloween, il l'oubliera.

– Pourquoi ?

– J'ai décidé de m'offrir à lui.

Mon Dieu, qui employait encore ce genre d'expression ? Elle aurait pu aussi parler de sa fleur délicate ou de son trésor charnel ou trouver une métaphore encore plus ridicule.

– Comme c'est romantique ! a couiné Anna.

Elodie a gloussé. Les filles comme elle ne devraient pas émettre de gloussements, mais des caquètements.

– N'est-ce pas ? a-t-elle répondu.

Dégoûtée, je me suis éloignée sur la pointe des pieds et j'ai ouvert doucement la porte de ma chambre.

Comme d'habitude, Jenna était recroquevillée sous sa couverture rose et faisait semblant de dormir afin que je n'essaie pas de lui parler. En général, je la laissais tranquille, mais ce soir, j'avais besoin de discuter.

Je me suis assise lourdement au bord de son lit. Son corps a fait un petit bond.

– Devine ce que je viens d'entendre ? ai-je gazouillé.

Elle a tiré sur le coin de sa couverture et j'ai vu apparaître son œil.

– Quoi ?

Je lui ai rapporté les propos d'Anna et d'Elodie en terminant par :

– Tu te rends compte ? « M'offrir à lui » ? Au lieu de dire simplement « coucher ensemble ».

– Oui, elle est niaise, a approuvé Jenna en me gratifiant d'un petit sourire.

– Vraiment niaise, ai-je renchéri.

– Est-ce qu'elles ont parlé de Chaston ?

– Non, ai-je répliqué, surprise. Mais d'après ce que Mme Casnoff a déclaré il y a quelques jours durant le dîner, Chaston va bien et se repose sur la Côte d'Azur ou dans un endroit paradisiaque du même genre avec ses parents.

– C'est incroyable. Comment est-ce qu'elles peuvent penser aux garçons alors qu'un membre de leur clan est mort et que Chaston a failli perdre la vie il y a à peine trois semaines ?

– Elles ne s'intéressent qu'à des choses futiles, tu le sais bien.

Jenna a acquiescé.

Je me suis déshabillée. J'ai ensuite enfilé un haut bleu d'Hécate et le pantalon de pyjama que ma mère m'avait envoyé la semaine précédente. Il était en coton blanc avec un imprimé de sorcières bleues chevauchant leurs balais. Selon moi, c'était une façon de me faire comprendre qu'elle regrettait notre dispute. Moi aussi, je regrettais et je lui avais téléphoné. J'étais contente que nous nous soyons réconciliées.

– À cause de moi, tu as encore des marques sur les épaules, a remarqué Jenna en s'asseyant sur son lit.

– Ce n'est rien, ai-je menti en les examinant. Elles ne me font plus mal.

Jenna avait les yeux brillants, à croire qu'elle retenait ses larmes.

– Je suis vraiment désolée, Soph. J'étais tellement en colère et... et parfois, je n'arrive plus à me maîtriser.

Un frisson glacé m'a parcouru la colonne vertébrale.

J'ai essayé d'ignorer ma peur. Oui, elle avait voulu me sucer le sang, mais elle s'était vite ressaisie. Contrairement à Chaston, j'étais son amie.

– Qu'est-ce que tu ne maîtrises pas ? ai-je répondu en plaisantant. Ta vessie ? Il faudrait peut-être voir un médecin. Je ne te prêterai pas de draps.

– Tu es vraiment un monstre, a-t-elle pouffé.

– Tu peux parler !

Nous avons passé les heures suivantes à papoter et à essayer d'étudier pour le cours d'évolution de la magie. Quand les lumières se sont éteintes, Jenna était presque redevenue elle-même.

– Bonne nuit, Jenna.

– Bonne nuit, Soph.

Je me suis endormie en me demandant si Archer savait qu'il allait bientôt avoir l'honneur de déflorer Elodie.

Quand je me suis réveillée, la fille au gilet vert se tenait au pied de mon lit. Je n'avais aucune idée de l'heure. J'ai cru que je rêvais encore.

Puis la fille a poussé un soupir exaspéré et déclaré avec un accent anglais :

– Sophia Mercer. Tu t'es attiré bien des ennuis.

21

Je me suis assise en clignant des yeux.

C'était le fantôme que j'avais déjà vu, sauf qu'elle n'avait pas l'air d'en être un. Elle semblait en chair et en os.

– Alors ? a-t-elle demandé en haussant un sourcil. Tu viens ?

J'ai jeté un œil sur Jenna. Je pouvais simplement distinguer une grosse bosse sous les draps. Le rythme régulier de sa respiration indiquait qu'elle dormait encore.

La fille a suivi mon regard.

– Ne t'en fais pas, a-t-elle dit en balayant l'air de sa main. Elle ne risque pas de se réveiller et de donner l'alerte. Les autres non plus. J'ai fait le nécessaire.

Puis elle est sortie de la chambre.

Je suis restée pétrifiée sur mon lit jusqu'à ce qu'elle revienne et me lance :

– Qu'est-ce que tu attends, Sophia ? Allons-y.

Suivre un fantôme était une très mauvaise idée, je le savais. Mon corps me le faisait sentir. J'avais la peau moite et le ventre noué. Néanmoins, je me suis levée, j'ai saisi le blazer posé sur le dossier de ma chaise et je l'ai rattrapée. Elle descendait l'escalier.

– Ah, enfin, a-t-elle déclaré. Nous avons beaucoup de travail et peu de temps.

– Qui es-tu ? ai-je chuchoté.

Elle m'a regardée d'un air irrité.

– Inutile de murmurer, nul ne peut nous entendre. Casnoff ! a-t-elle hurlé. Vandy ! Sophia Mercer est levée et s'apprête à faire des bêtises avec un fantôme !

D'instinct, je me suis accroupie.

– Chut !

Mais comme elle l'avait promis, ses cris n'ont réveillé personne. Le seul bruit provenait de la vieille horloge du hall dont je pouvais percevoir le tic-tac assourdi.

– Tu vois, m'a-t-elle dit avec un grand sourire. Tu n'as rien à craindre. Suis-moi.

Elle a dévalé les dernières marches et avant que j'aie le temps de réfléchir, nous nous sommes retrouvées sur la pelouse devant le manoir. La nuit était fraîche et humide, l'herbe émettait un son désagréable sous mes pieds. En baissant les yeux, j'ai constaté que mes orteils avaient pris une teinte verdâtre. Puis j'ai remarqué mon ombre. Pourtant, il n'y avait pas de lune dans le ciel. Je me suis retournée.

Une énorme bulle d'un vert opalescent enveloppait le manoir. En constant mouvement, la bulle ondulait et crachait des étincelles vertes. Je n'avais jamais rien vu de pareil. Ni lu quelque chose au sujet d'un sort provoquant cela.

– Impressionnant, n'est-ce pas ? s'est rengorgée l'inconnue. C'est un sort qui rend les victimes totalement insensibles au monde extérieur pendant au moins quatre heures.

Je n'ai pas aimé le mot « victimes ».

– Cela ne leur fait pas de mal ?

– Non, a-t-elle répliqué. Ils dorment paisiblement. Comme dans un conte de fées.

– Mais Mme Casnoff a protégé les lieux avec un système de sécurité magique. Personne ne peut venir à Hécate et jeter un sort aussi puissant.

– Je le peux ! a dit la fille en me prenant par la main.

Sa paume était aussi ferme et réelle que la mienne. Impossible de me rappeler si Mme Casnoff avait déclaré que les fantômes ne pouvaient pas nous toucher. La fille s'éloignait en me traînant derrière elle.

– Attends, ai-je protesté. Avant d'aller plus loin, j'aimerais savoir qui tu es et ce que tu fais ici.

Elle a soupiré et s'est arrêtée.

– Tu me déçois, Sophia. Je te pensais plus perspicace que cela. Tu ne vois vraiment pas ?

J'ai étudié sa robe à fleurs qui couvrait ses genoux et son gilet vert. Ses cheveux bouclés lui arrivaient aux épaules et étaient retenus de chaque côté de son visage par des barrettes. À la vue de ses affreuses chaussures marron, j'ai eu pitié. Fantôme ou pas, personne ne devrait être obligé de se coltiner de pareils croquenots pour l'éternité.

Puis j'ai regardé ses yeux. Ils étaient grands, et malgré le fait qu'ils réfléchissaient la lumière verte, j'ai deviné qu'ils étaient bleus.

C'étaient mes yeux.

Anglaise et tout droit sortie des années 1940...

– Alice ?

Elle a souri.

– Bravo ! À présent, viens avec moi. Nous...

– Une minute, ai-je coupé en portant la main à mon front. Tu es en train de me dire que tu es le fantôme de mon arrière-grand-mère ?

– Oui, a-t-elle fait, agacée.

– Alors qu'est-ce que tu fais ici ? Pourquoi est-ce que tu me suis depuis mon arrivée à Hécate ?

– Je ne t'ai pas suivie, a-t-elle riposté d'un ton sec. J'ai fait de brèves apparitions. Avant, tu n'étais pas prête, maintenant tu l'es. J'ai travaillé dur pour entrer en contact avec toi. Cessons ce bavardage, le temps presse.

Je l'ai laissé m'entraîner vers l'inconnu. J'avais peur qu'elle ne me fasse disparaître si je refusais, et par ailleurs, j'étais très intriguée. Combien de gens se font réveiller par le fantôme de leur arrière-grand-mère ?

Nous avons descendu la pente qui menait à la serre. Je craignais qu'elle n'ait l'intention de me montrer des exercices de combat, mais quand nous nous sommes approchées du gymnase, elle a tourné à gauche, en direction des bois.

Je n'étais jamais allée me promener dans la forêt qui entourait Hécate et avec raison, car elle me donnait la chair de poule. La nuit, elle paraissait encore plus lugubre. En posant mon pied nu sur un caillou, j'ai grimacé. Quand quelque chose m'a effleuré la joue, j'ai poussé un petit cri.

J'ai entendu Alice murmurer quelques paroles et, soudain, une sphère de lumière aveuglante a surgi devant nous. Je me suis couvert les yeux. Alice a marmonné une incantation et l'orbe a commencé à s'élever dans les airs, comme tiré par un fil. Il s'est arrêté à trois mètres au-dessus de nos têtes, éclairant les arbres d'un faisceau éblouissant. Nous avons poursuivi notre route. La lumière ne rendait pas la forêt moins effrayante, bien au contraire : des ombres dansaient au sol, et de temps à autre, je pouvais distinguer le regard luisant d'un animal. Nous avons atteint le lit d'une rivière asséchée. À ma surprise, Alice a sauté dedans avec grâce. J'ai suivi, pataude, glissant sur le terrain mou et éructant un juron. Les galets me faisaient mal aux pieds et partout où mon regard se posait, j'apercevais des fissures sombres et des racines ressemblant aux entrailles d'un animal géant. J'ai fini par attraper la main d'Alice et j'ai gardé les paupières closes jusqu'à ce qu'elle s'arrête.

En ouvrant les yeux, j'ai regretté.

Devant moi se dressait une grille en fer forgé constellée de taches de rouille. Derrière les barreaux, j'ai aperçu six tombes. Quatre d'entre elles penchaient et étaient envahies par la mousse, les autres étaient droites et blanches.

Mais ce n'était pas la vue des tombes qui me procurait cette peur et ce goût métallique dans la bouche. C'était une statue d'environ deux mètres de haut. Taillée dans une pierre gris clair, elle représentait un ange aux ailes déployées dont chaque plume était minutieusement sculptée. On pouvait également distinguer les plis de sa robe qu'un vent inexistant semblait agiter. Dans une main, il brandissait une épée. Le manche était en pierre, mais sous la lumière de l'orbe, la lame étincelait comme un diamant noir. Son autre bras était tendu devant lui, comme s'il avertissait les gens de ne pas s'approcher. La sévérité de son expression aurait intimidé jusqu'à Mme Casnoff.

Le personnage m'était familier. C'était le même que celui qui figurait sur le vitrail du manoir : l'ange qui avait chassé les Prodigium du paradis.

– Qu'est-ce que c'est que cet endroit ? ai-je bredouillé.

– Un lieu secret, a répondu Alice en observant la statue.

J'ai frissonné et boutonné mon blazer. J'avais envie de la questionner davantage à propos de ce cimetière, mais son regard d'acier m'en a dissuadée. La brochure n'avait-elle pas spécifié qu'il était interdit d'aller dans les bois ? J'avais cru que c'était parce que c'était dangereux. Mais sans doute y avait-il une autre raison.

Le vent s'est levé, bruissant à travers les feuilles et me faisant claquer des dents. J'ai frotté mes pieds engourdis l'un contre l'autre. Pourquoi avais-je oublié mes chaussures ?

– Regarde, a dit Alice, le doigt pointé vers mes orteils.

Ceux-ci m'ont chatouillé un instant, puis des chaussettes en laine blanche m'ont enveloppé les pieds et ont disparu à l'intérieur de mes chaussons préférés en peluche rouge. Des chaussons qui en principe se trouvaient au fond de mon placard dans le Vermont.

– Comment as-tu fait cela ? ai-je demandé.

Alice m'a gratifiée d'un sourire énigmatique. Puis, sans prévenir, elle a fouetté l'air de sa main.

Un coup violent à la poitrine m'a projetée au sol. Je me suis assise en la fusillant du regard.

– Qu'est-ce que c'était ?

– C'était un sort d'attaque ridiculement simple que tu aurais dû être en mesure de bloquer.

Je l'ai dévisagée avec stupéfaction. Se faire étendre par Archer durant le cours de combat était une chose, mais se faire attaquer par surprise par son arrière-grand-mère était très embarrassant.

– Comment est-ce que j'aurais pu le bloquer puisque je ne m'y attendais pas ? ai-je riposté.

Alice s'est approchée et m'a tendu la main. Je ne l'ai pas prise, en partie parce que j'étais furieuse, mais aussi parce qu'elle semblait si frêle que je ne voyais pas comment elle aurait pu m'aider à me relever.

– Quelqu'un qui possède des pouvoirs aussi puissants que les tiens a la faculté d'anticiper une attaque, a-t-elle répondu.

– Ah oui ? ai-je dit en époussetant mon pyjama couvert de terre et d'aiguilles de pin. Par prescience ? En percevant une perturbation dans la Force, comme dans *La Guerre des étoiles* ?

Alice a cligné des yeux d'un air perplexe.

– Ah, c'est vrai, tu n'as pas dû voir ce film, ai-je marmonné. Quoi qu'il en soit, si tu me surveilles depuis un mois et demi, tu as sans doute pu constater que je ne possédais pas de pouvoirs extraordinaires. Je suis la sorcière la plus nulle d'Hécate. De toute évidence, je n'ai pas hérité des super-pouvoirs de la famille.

– Si. Je les sens en toi. Ils sont aussi puissants que les miens mais tu ne sais pas encore t'en servir. Je suis là pour t'enseigner à les forger, à les perfectionner. À te préparer au rôle que tu dois jouer.

Je l'ai regardée.

– Tu es un peu comme M. Miyagi, en fait ?

– Je ne vois pas du tout qui c'est.

– Le maître de Daniel dans *Karaté Kid*. Désolée. Encore une référence de la culture pop, je vais essayer d'arrêter. Qu'est-ce que tu entends par « le rôle que je dois jouer » ?

Alice m'a regardée comme si elle me prenait pour une demeurée.

– Présidente du Conseil, a-t-elle annoncé.

22

J'ai émis un rire nerveux.

– Je ne me suis jamais imaginée à la tête du Conseil. Je ne connais rien à propos des Prodigium et je suis une sorcière pitoyable.

Le vent a rabattu mes mèches sur ma bouche et mes yeux. J'ai quand même pu apercevoir Alice tendre un doigt vers moi. Mes cheveux se sont attachés au-dessus de mon crâne, en un chignon si serré que j'en ai eu des larmes aux yeux.

– Sophia, a-t-elle dit comme si elle s'adressait à une gamine colérique. C'est toi qui penses que tu n'es pas douée.

Puis elle m'a saisie par la main. Sa peau était glaciale.

– Sophia, a-t-elle repris d'une voix douce. Tu détiens des pouvoirs incroyables. Tu as été élevée par un humain, c'est ça qui t'a désavantagée par rapport aux autres. Avec un bon entraînement et les conseils adéquats, tu pourrais devenir bien plus puissante que les – comment est-ce que cette demi-Prodigium les appelle, déjà ? Les sorcières de Biactol ?

– Jenna n'est pas une demi-Prodigium, ai-je rétorqué.

– Tu pourrais devenir bien plus puissante que ces filles. Et je peux te montrer comment.

– Tu ferais cela pour quelle raison ?

Elle m'a tapoté le bras d'un geste affectueux et d'un air mystérieux.

– Parce que le même sang coule dans nos veines, a-t-elle déclaré. Parce que tu mérites mieux. Parce que tu dois devenir ce pour quoi tu es faite.

Je ne savais que répondre. Étais-je vraiment faite pour diriger le Conseil ? Soudain, l'idée d'être propriétaire d'une librairie New Age et de porter un grand caftan violet pour prédire l'avenir à mes clients m'a semblé ridicule. Puis l'image d'Elodie, de Chaston et d'Anna lévitant dans la bibliothèque m'est revenue à l'esprit. Je les avais enviées de ressembler à des déesses. Pouvais-je réellement devenir plus douée qu'elles ?

Alice a ri.

– Tu vas devenir mille fois plus douée qu'elles !

En plus, elle lisait dans mes pensées.

– Viens, le temps file.

Nous avons dépassé le cimetière, pénétré dans une clairière et à l'intérieur d'un cercle formé par des chênes.

– Nous nous retrouverons ici la prochaine fois, a-t-elle annoncé. Et je t'enseignerai à devenir la sorcière que tu devrais être.

– J'ai cours demain matin. Je ne peux pas veiller toute la nuit.

Alice a porté une main à son cou et détaché son collier. Ses mains irradiaient une lumière plus forte que celle de l'orbe qui volait toujours au-dessus de nous. Puis la lumière s'est éteinte et elle m'a tendu le collier. Il était brûlant. Il s'agissait d'une simple chaîne en argent avec un pendentif carré, de la taille d'un timbre-poste. Au centre du carré, une larme de pierre noire brillait.

– Tiens. Un bijou de famille. Tant que tu le porteras, tu n'auras pas sommeil.

J'ai examiné le collier.

– J'aimerais bien apprendre un sort qui empêche d'être fatiguée. Est-ce que j'y arriverais ?

Alice m'a décoché un vrai sourire, qui a illuminé son visage, rendant ses traits ordinaires magnifiques. Elle s'est penchée et a pris mes deux mains entre les siennes. Quand je me suis retrouvée à quelques centimètres d'elle, elle a murmuré :

– Oui, et tu apprendras bien d'autres sorts.

Quelques heures plus tard, je ne riais pas. Ni même ne souriais.

– Recommence ! a aboyé Alice.

Comment est-ce qu'une fille aussi menue pouvait-elle avoir une voix aussi forte ? J'ai soupiré et fait rouler mes épaules. Je me suis concentrée sur l'espace vide situé devant moi, rassemblant toute mon énergie pour faire surgir un crayon à papier. Au début, Alice m'avait montré des sorts servant à immobiliser un adversaire, et j'étais parvenue à bloquer ses attaques, même si je ne les avais pas anticipées. Puis, au cours de la deuxième heure, je m'étais entraînée à faire surgir un objet de rien. Elle m'avait conseillé de commencer par de petites choses, d'où le crayon à papier, en affirmant que ce n'était qu'une question de concentration.

J'avais réussi à faire vibrer l'herbe, et à un moment particulièrement frustrant, un caillou avait volé en direction d'Alice, mais aucun crayon ne s'était matérialisé.

– Essaie encore plus petit, a ordonné Alice. Choisis, je ne sais pas, moi, un trombone. Une fourmi.

Crayon, crayon, crayon, ai-je pensé. *Crayon laqué jaune avec une gomme rose, je t'en conjure, apparais, je t'en supplie...*

Soudain, j'ai senti un flot m'envahir. Ça partait de la pointe de mes pieds et me submergeait jusqu'aux doigts. Un fleuve. Tout semblait trembler à l'intérieur de mon corps. J'ai senti une chaleur sous mes paupières, mais c'était une sensation agréable, comme celle qu'on éprouve au contact d'un siège de voiture chauffé par le soleil en hiver. J'avais mal aux joues et j'ai réalisé que c'était parce que je souriais.

Le crayon à papier est apparu, estompé d'abord comme son propre fantôme, puis il s'est solidifié. D'un air fier, je me suis tournée vers Alice.

Mais elle ne me prêtait pas attention. Elle regardait derrière moi, fixant l'endroit où le crayon planait dans l'air. J'ai fait volte-face et réprimé un cri de surprise.

Une trentaine de crayons avaient jailli dans l'air, comme une fontaine, et d'autres apparaissaient.

J'ai baissé les mains et la magie, tel un fil électrique sectionné, a cessé de me traverser.

– C'est dingue ! me suis-je exclamée.

– Mon Dieu, a simplement commenté Alice.

J'ai regardé la pile de crayons.

– C'est moi ? ai-je fait bêtement.

Alice a souri en hochant la tête.

– Je t'avais dit que tu en étais capable.

Soudain, j'ai jeté un œil sur ma montre.

– Tu as endormi tout le monde et tu m'as dit que ton sort ne durait que quatre heures. Elles sont presque écoulées et il nous a fallu une demi-heure pour venir ici. Nous allons faire comment pour regagner le manoir à temps ?

Alice a claqué des doigts. Aussitôt, deux balais ont surgi devant nous.

– Tu plaisantes ? ai-je demandé.

Son sourire s'est élargi. Elle a enfourché l'un des balais et a filé vers le ciel. Elle est revenue voler à quelques mètres au-dessus de ma tête et son rire a résonné à travers les bois.

– Je t'en prie, Sophia ! Suis la tradition, pour une fois !

J'ai saisi le manche du balai.

– Il est vraiment costaud ? ai-je lancé.

– À ta place, je me dépêcherais ! a-t-elle répondu. À présent, seul un quart d'heure te sépare d'une année de corvée de cellier !

J'ai grimpé sur le balai. J'étais moins à l'aise qu'Alice mais quand il s'est élevé dans les airs, cela a cessé de me préoccuper. J'étais dans le ciel. C'était une sensation incroyable. Le balai glissait à travers la nuit et je tenais dessus sans peine, fendant l'air doux et frais à toute allure. En suivant Alice qui se dirigeait vers le manoir, j'ai pris mon courage à deux mains et décidé de regarder les arbres situés sous moi. Alice avait éteint la sphère lumineuse, je ne pouvais donc distinguer que des formes sombres aux contours mal définis. Cela ne m'effrayait pas. Je volais, volais ! J'avais l'impression de pouvoir toucher les étoiles, tant elles me semblaient proches ! Mon cœur flottait librement dans ma poitrine ! Au loin, je pouvais distinguer la lueur verte de la bulle qui enveloppait le manoir, et j'espérais que nous ne l'atteindrions jamais, que cette sensation de légèreté et de liberté allait durer éternellement.

Trop vite, nous nous sommes posées devant Hécate. J'avais les doigts gourds, les joues comme gercées et je souriais de toutes mes dents.

– Je ne pensais pas que ça serait aussi génial ! ai-je confié. Pourquoi est-ce qu'il y a des sorcières qui ont renoncé au balai ?

– Parce que c'est perçu comme un cliché.

– On se fiche de comment c'est perçu ! Quand je serai présidente du Conseil, ce sera l'unique moyen de transport.

Alice a ri.

– Excellente nouvelle.

Autour du manoir, la bulle commençait à s'estomper.

– Il est temps pour moi de regagner ma chambre, ai-je dit. Même lieu, même heure, demain ?

Alice a hoché la tête et, de la poche de sa robe, elle a sorti un petit sac.

– Prends-le.

Le sac était doux et mou au toucher.

– Qu'est-ce que c'est ? ai-je demandé.

– De la poussière provenant de ma tombe. Si tu as besoin de pouvoir supplémentaire pour jeter un sort, saupoudre-la sur tes mains. Une petite quantité suffit.

– Entendu, ai-je dit, répugnée par le contenu du sac. Merci.

– Et... Sophia... a ajouté Alice.

– Oui ?

Elle s'est approchée de moi, m'a saisie par les épaules et m'a attirée près de son visage. J'ai cru qu'elle allait m'embrasser sur la joue, mais elle a murmuré :

– Sois prudente. L'Œil te voit, même ici.

Le cœur battant, la bouche sèche, je me suis dégagée. Sans me laisser le temps de la questionner, Alice m'a décoché un sourire triste et s'est volatilisée.

23

Une semaine plus tard, essoufflée, j'ai demandé à Archer :

– Alors, as-tu trouvé la couleur idéale pour ton smoking ?

Nous étions dans le gymnase et je venais de l'envoyer au tapis pour la cinquième fois. Mon manque d'oxygène n'était pas lié au tee-shirt moulant qu'il portait, mais au fait que mes capacités physiques m'épataient. Soit son niveau avait baissé, soit le mien s'était nettement amélioré. Bien sûr, je n'aurais pas pu être recrutée pour le jeu télévisé américain *Gladiateurs*, mais je n'étais pas tellement plus nulle qu'eux. Et en plus, je n'avais pas dormi de la nuit.

Quand j'ai tendu la main à Archer pour l'aider à se relever, mon collier a rebondi contre ma poitrine. Le talisman d'Alice m'avait permis de me porter comme un charme. Deux heures de sommeil par nuit au cours des trois derniers jours et je me réveillais sans la moindre fatigue. Au début, j'avais eu peur que Mme Casnoff me convoque dans son bureau pour m'interroger au sujet d'un sort soporifique qui avait endormi le manoir. À mon soulagement, elle ne s'était aperçue de rien. Ensuite, je n'ai plus vu l'intérêt de dormir. Allongée dans le noir, aussi fébrile qu'une enfant à la veille de Noël, j'attendais de distinguer la lueur verte à travers mes fenêtres. Je me précipitais alors dehors, j'enfourchais mon balai et je filais en direction du cimetière.

C'était dangereux et même un peu stupide, je le savais. Mais quand je volais ou jetais des sorts d'une puissance que je n'aurais jamais imaginé posséder, j'avais tendance à oublier cela.

Archer s'est relevé en souriant.

– Elodie m'a dit que vous alliez porter des costumes assortis, ai-je insisté. Alors, qu'est-ce que tu as choisi ? Rose layette ? Eau de rose ? Ou blanc virginal ?

Il restait une semaine avant le bal d'Halloween et tout le monde ne parlait que de ça. Même Lord Byron nous avait demandé de composer un sonnet sur la tenue que nous allions porter. Je n'avais toujours rien trouvé. Mlle East était chargée de nous apprendre un sort de transformation pour créer nos robes et nos smokings. Pas plus tard qu'hier, elle nous avait distribué un mannequin de couturière vêtu de ce qui ressemblait à une taie d'oreiller avec des trous pour les manches. J'ignorais pourquoi nous ne pouvions pas nous servir de nos propres vêtements et les transformer – cela faisait partie des règles idiotes d'Hécate, j'imagine.

Les métamorphes et les fées devaient se procurer leurs

costumes, ce qui expliquait pourquoi, au cours des derniers jours, des cartons n'avaient cessé d'arriver.

J'avais proposé à Jenna de lui fabriquer une robe. Elle avait levé les yeux au ciel en rétorquant qu'elle ne participerait jamais à cet étalage de bêtise.

Je m'étais appliquée chaque jour dans le cours de Mlle East, mais le résultat sortait toujours trop bouffant. Selon elle, c'était parce que le bal me rendait fiévreuse, mais je n'y croyais pas une seconde. La perspective de ce bal ne m'emballait pas. Contrairement à d'autres, je n'allais « m'offrir » à personne.

Archer s'est étiré en levant les bras au-dessus de sa tête.

– Seul mon nœud papillon sera rose, a-t-il révélé. Et très rock'n'roll.

En voyant la bande de peau dévoilée par son tee-shirt, tandis qu'il se penchait, ma bouche s'est desséchée, mon cœur s'est mis à battre plus vite, et j'ai éprouvé une étrange tristesse.

Je n'aurais jamais cru qu'entendre la voix de la Vandy pourrait un jour me soulager. Néanmoins, quand elle a crié : « Très bien ! C'est fini pour aujourd'hui ! », j'aurais pu l'embrasser.

Non, peut-être pas. Disons lui serrer la main.

Une heure plus tard, d'un air las, j'ai contemplé ma dernière tentative.

J'avais essayé de créer une robe plus simple que la précédente, mais sa couleur jaune vert évoquait ce qu'on trouvait dans les couches d'un bébé ou autour des catastrophes nucléaires.

– C'est une petite amélioration, mademoiselle Mercer, a commenté Mlle East.

Ses lèvres étaient tellement pincées qu'on se demandait comment des paroles parvenaient à s'en échapper.

– Oui, a renchéri Jenna sans regarder. Tu as fait des progrès.

Elle était occupée à lire un manga – elle ne lisait plus que ça pendant le cours – et quand elle a levé le nez et aperçu ma robe, elle a froncé les sourcils.

– Au moins, celle-ci n'a pas renversé trois tables, a lâché Elodie.

Sa robe, bien sûr, était magnifique.

J'avais pensé que les tenues de ce bal allaient ressembler à celles du bal de fin d'année de n'importe quel collège. Pas tant que ça, finalement. La plupart des robes appartenaient à une autre époque et semblaient tout droit sorties d'un conte de fées. Mais celle d'Elodie était la plus belle de toutes. Style Empire, à mancherons et vaporeuse, elle paraissait avoir été dérobée à l'héroïne d'un livre de Jane Austen. La matière, d'un rose délicat et nacré, brillait comme une perle et Elodie allait provoquer des ravages dans une telle tenue.

Frustrée, j'ai reporté mon attention sur ma création. Les mains posées de chaque côté de la taille du mannequin, j'ai pensé : *belle robe, belle robe, bleue. Je t'en supplie, apparais*. Savoir que j'étais capable de faire surgir une chaise mais pas une robe à peu près présentable m'exaspérait. D'accord, la chaise que j'avais invoquée hier soir était minuscule, mais tout de même.

J'ai senti le tissu s'animer et glisser sous mes doigts. Les paupières closes, j'ai redoublé d'espoir.

Puis j'ai entendu Elodie et Anna ricaner. En rouvrant les yeux, j'ai découvert une monstruosité de tulle et de volants bleus qui allait m'arriver à mi-cuisse et me donner l'allure d'une marionnette aguicheuse du *Muppet Show*.

J'ai grommelé une insulte, ce qui m'a valu le regard réprobateur de Mlle East, mais à ma surprise, aucune punition. Ma création devait lui sembler suffisamment accablante.

La main sur la hanche, Elodie a commenté d'une voix railleuse :

– Quelle tenue extraordinaire ! Une grande carrière de styliste t'attend, Sophie. Quand je pense que je t'ai proposé de faire partie de mon clan...

Ses yeux verts se sont mis à briller et elle a assené :

– Tu es la fille du président du Conseil et tu ne sais même pas inventer une robe de bal. C'est lamentable !

– Écoute Elodie, je n'ai pas envie de me disputer avec toi. Alors laisse-moi tranquille pour que je puisse me concentrer sur ma robe.

Mais elle n'en avait pas fini avec moi.

– Pourquoi tant d'efforts ? C'est pour Archer que tu veux te faire belle ?

Je me suis forcée à conserver mon sang-froid. Elodie s'est penchée et m'a chuchoté :

– Tu crois que je n'ai pas remarqué ta façon de le regarder ?

Les yeux rivés sur le mannequin, j'ai répondu d'un ton calme :

– Ça suffit, Elodie.

– On voit bien que tu es amoureuse de lui, et c'est très émouvant. Et par émouvant, j'entends triste.

Du coin de l'œil, j'ai constaté que tout le monde nous observait. Mlle East faisait semblant de nous ignorer, ce qui signifiait qu'elle me jetait en pâture aux loups.

Je me suis tournée vers Elodie, qui affichait un air victorieux.

– Ne t'en fais pas pour moi et Archer, lui ai-je dit d'une voix mielleuse. Après tout, ce n'est pas moi qui envisage de coucher avec lui le soir du bal.

La classe s'est esclaffée et Elodie a piqué un fard. Ce qui n'était jamais arrivé. En ma présence, du moins. Mlle East a choisi ce moment pour crier :

– Mademoiselle Mercer ! Mademoiselle Parris ! Au travail !

Avec un sourire, j'ai pivoté vers le mannequin. Mais à la vue du désastre de tulle bleu électrique, ma joie s'est aussitôt envolée.

– Est-ce que tu éprouves quelque chose d'inhabituel quand tu te concentres ? m'a demandé Jenna.

– Non, c'est comme d'habitude. Comme un flux jaillissant à travers mes pieds et qui monte en moi.

– Quoi ? a grimacé Anna. Ce n'est pas du tout la sensation que j'éprouve.

J'ai jeté un œil sur les élèves. Les sorcières présentes me regardaient d'un air perplexe.

– Les forces magiques viennent du haut, a poursuivi Anna. C'est comme une pluie qui te tombe dessus...

– Comme de la neige, a ajouté Elodie.

Les joues enflammées, j'ai fixé le mannequin.

– Dans ce cas, mes forces magiques ne sont pas les mêmes que les vôtres, ai-je rétorqué.

Des murmures se sont élevés. Je les ai ignorés.

– Tu finiras par y arriver, m'a promis Jenna, avant de jeter un regard hostile à Anna.

– Oui, je vais l'améliorer, ai-je répliqué en caressant le faux-cul de la robe, destiné à accentuer la chute de reins. Je l'ai créée spécialement pour toi.

– Vraiment ? a fait Jenna, amusée.

– Oui, il faudra probablement la raccourcir. On ne veut pas que le bas traîne par terre.

Elle m'a giflé le bras du revers de la main et nous avons pouffé.

J'ai passé le reste du cours à faire surgir les robes les plus laides possible, ce qui n'a amusé que moi et Jenna. À plusieurs reprises, Mlle East a menacé de nous chasser de la classe. Elodie faisait une telle tête face à mes pièces de haute couture que Jenna lui a fait remarquer qu'elle avait l'air au bord de la crise cardiaque. Puis nous avons éclaté de rire et Mlle East nous a finalement demandé de sortir, après nous avoir imposé à chacune une composition écrite de sept pages sur l'histoire de la confection de vêtements par sortilèges.

Je m'en fichais. Pour entendre Jenna rire de nouveau, j'étais prête à en rédiger cent.

– C'est curieux, ai-je confié à Alice ce soir-là. Du jour au lendemain, Jenna est redevenue elle-même et maintenant nous sommes amies comme avant.

Nous étions dans la forêt, occupées à cueillir des feuilles de menthe pour un sortilège destiné à ralentir le temps. Comme Alice ne répondait pas, j'ai ajouté :

– C'est une bonne nouvelle, tu ne trouves pas ?

– Sans doute.

– Sans doute ? ai-je répété en singeant son air prétentieux.

Elle m'a jeté un regard furieux.

– Que ton amie intime soit un vampire ne me convient pas. C'est indigne de toi.

J'ai gloussé.

– Indigne de moi ? Je t'en prie.

Alice a soupiré et fourré une poignée de feuilles à l'intérieur d'une pochette en cuir qu'elle avait fait apparaître.

– Je vais essayer de respecter ton choix, a-t-elle dit. Après tout, tu es libre de fréquenter qui tu désires. Parle-moi plutôt de cette fête.

Je me suis baissée pour reprendre la cueillette.

– C'est un bal, en fait. Pour Halloween. Ça va être grandiose. Surtout si je n'arrive pas à confectionner une robe à peu près mettable et que ma rivale porte une tenue parfaite.

– Ta rivale, c'est Elodie ?

J'ai hoché la tête.

– Je n'ai aucun respect pour cette fille, a confié Alice. Elle s'est montrée abominable envers toi. Certainement parce que tes pouvoirs sont tellement supérieurs aux siens. Il y a peu de choses que je déteste autant qu'une sorcière faible.

– Elle est odieuse, c'est ça qui est injuste. Et parce qu'elle maîtrise ce sortilège qui me nargue, elle a réussi à confectionner une robe de rêve et va être la plus belle le jour du bal.

Et coucher avec Archer, ai-je pensé, oubliant le don de télépathie d'Alice.

– Oh, a-t-elle fait. C'est d'Archer dont tu es amoureuse ?

Inutile de le nier. J'ai donc acquiescé.

– Tu pourrais lui jeter un sort pour qu'il tombe amoureux de toi. C'est d'une simplicité enfantine.

J'ai fourré des feuilles de menthe dans mon sac.

– Écoute, c'est peut-être bête, mais il me plaît vraiment. Et je n'ai pas envie d'avoir recours à un sortilège pour qu'il me trouve attirante. Je préfère que son désir soit sincère.

J'ai cru qu'elle allait essayer de me convaincre, mais elle a simplement répliqué :

– Oui, l'amour possède son propre pouvoir magique.

– Je crois que le mien n'aura jamais d'effet sur Archer. J'avais pensé que le bal serait peut-être l'occasion d'essayer... Mais je n'arrive même pas à faire surgir une robe qui ne soit pas grotesque, alors je ne te parle pas de la suite ! C'est bizarre, ai-je repris, après une pause. Quand je suis avec toi, j'arrive à faire des choses incroyables, alors qu'en cours, tout va à vau-l'eau.

– C'est peut-être une question de confiance en soi ? a-t-elle suggéré. Dans cette école, tu ne te sens pas sûre de toi et tes pouvoirs magiques en sont affectés.

– Peut-être.

Nous avons continué à ramasser des plantes jusqu'à ce qu'Alice demande :

– La robe d'Elodie est magnifique ?

– Elle n'a pas le moindre défaut.

Alice a souri, et, à la lumière de l'orbe, j'ai vu ses dents étinceler.

– On peut changer cela, si tu veux.

24

Le jour du bal, les cours avaient été annulés, et comme c'était une belle journée ensoleillée d'octobre, tout le monde était allé se promener dehors. Tout le monde excepté moi. Enfin moi et Jenna. Même avec sa pierre de sang qui la protégeait, elle n'aimait pas trop sortir du manoir. Recroquevillée à sa place habituelle – son lit –, elle lisait un manga.

Assise sur le mien, je contemplais mon mannequin qui portait toujours une taie d'oreiller. J'avais passé la matinée à essayer de l'habiller de quelque chose qui soit au moins correctement coupé. En vain. Même avec une simple petite robe noire, ça ne marchait pas. Elle surgissait, sans forme, dotée d'un ourlet qui gondolait.

J'ai poussé un long soupir.

– Sophie ! m'a lancé Jenna. Ce sont les vampires qui se lamentent, d'habitude. Qu'est-ce que tu as ?

– C'est à cause de cette robe. Je rate tout ce que je fais.

Elle a haussé les épaules.

– Ne va pas au bal.

Je l'ai foudroyée du regard. Jenna avait décidé de ne pas y aller, elle ne pouvait donc pas comprendre pourquoi je tenais tant à y assister. En fait, je l'ignorais aussi. Bien sûr, c'était en grande partie pour voir Archer porter un smoking, mais ça, je refusais de l'avouer à Jenna.

– Ce n'est pas le bal, le problème, ai-je répondu. C'est le fait que ce sort, qui n'est pas compliqué, m'échappe.

– Quelqu'un a peut-être ensorcelé ton mannequin, a-t-elle plaisanté, avant de se replonger dans son manga.

Ma main s'est refermée autour d'un petit objet qui semblait être en train de brûler le tissu de ma poche. Quand Alice avait suggéré de faire un sort à la robe d'Elodie, je m'y étais d'abord opposée. Je lui avais expliqué qu'employer la magie contre un élève d'Hécate était interdit.

– Mais ça ne sera pas toi, avait-elle argué. Ça sera moi. Tu seras simplement chargée de transporter quelque chose.

Cela m'avait semblé convaincant et je dois avouer que j'étais très excitée quand Alice m'avait remis un petit os blanc, probablement d'oiseau, après l'avoir sorti de sa poche. Qu'elle se promène avec ça sur elle aurait dû m'inquiéter, mais je m'étais habituée à son étrangeté. L'os avait lui quand elle me l'avait tendu.

– Mets-le simplement dans l'ourlet de sa robe.

– Est-ce qu'il faut réciter une incantation ? Est-ce qu'il y a des paroles spécifiques ?

– Non. L'os se chargera de tout.

Je l'avais depuis une semaine et je ne m'en étais toujours pas servi. Alice m'avait promis que l'os se contenterait uniquement de modifier la couleur de la robe d'Elodie quand celle-ci la porterait. Cela m'avait semblé raisonnable, sauf que tous les sorts que j'avais essayé de jeter à des personnes avaient mal tourné et même si je n'aimais pas Elodie, je ne voulais pas la blesser par accident. L'os était donc resté au fond de ma poche.

Mais si je ne l'avais pas utilisé, pourquoi l'avais-je gardé ?

Avec un nouveau soupir, je me suis levée et j'ai marché jusqu'au mannequin. Il n'avait pas de tête et pourtant, sa posture me donnait l'impression qu'il se moquait de moi. Et qu'il me disait : « Alors, nullité, tu tiens vraiment à t'acharner ? Je préfère ma taie d'oreiller à n'importe laquelle de tes créations minables ! »

– La ferme, ai-je grommelé en posant mes mains autour de sa taille et en me concentrant. Bleu... joli... je t'en supplie...

Le tissu a ondulé et s'est mû en un costume bleu pailleté proche d'un uniforme de majorette.

– C'est nul ! ai-je crié en frappant le mannequin qui a pivoté sur son pied.

Jenna a levé le nez de son livre.

– Très séduisant, a-t-elle commenté.

– Si tu crois que ça m'aide, ai-je grogné.

Que m'arrivait-il ? Je connaissais des sorts bien plus compliqués que celui-là et le résultat n'avait jamais été aussi désastreux.

– Ton mannequin est envoûté, a insisté Jenna. Tu es la seule à avoir autant de mal.

– Je sais, ai-je répondu en appuyant ma tête contre le mannequin. Même Sarah Williams qui est la plus nulle des sorcières a réussi à se faire une jolie robe rouge. Elle n'est pas aussi élégante que celle d'Elodie, mais...

Je me suis interrompue. Que j'aie autant de mal avec la mienne n'était pas normal. Jenna avait peut-être raison : quelqu'un avait jeté un sort à mon mannequin.

J'ai touché ce dernier et déclaré :

– Crache le morceau.

Durant un moment, rien ne s'est produit. Je ne savais pas si cela devait me soulager ou me décevoir.

Puis, lentement, deux empreintes de mains bordeaux sont apparues sur l'uniforme bleu. La rage m'a saisie.

– Qu'est-ce que tu as fait ? a questionné Jenna.

Près de moi, elle examinait les empreintes.

– C'est un sortilège de dévoilement qui permet de savoir si un objet a été envoûté, ai-je expliqué, la mâchoire serrée.

– Au moins, tu sais que ce n'était pas ta faute.

Elle avait raison, mais je tremblais de colère. C'était forcément un coup d'Elodie. Qui d'autre aurait pu vouloir m'empêcher d'aller au bal ? Décidément, cette histoire devenait trop « conte de fées » pour être supportable.

Et ce qui m'énervait le plus, c'est que je n'avais même pas utilisé l'os maléfique d'Alice. Par culpabilité !

Il était temps que ça change.

– Où est Elodie ? ai-je demandé à Jenna.

Elle m'a regardée avec méfiance, je devais donc avoir l'air terrifiante.

– Il me semble avoir entendu Anna dire qu'elles partaient à la plage avec un groupe d'amis.

– Parfait.

Je me suis dirigée vers la porte, ignorant Jenna qui criait :

– Qu'est-ce que tu vas faire ?

Dans le couloir désert, je me suis précipitée vers la chambre d'Elodie et j'y suis entrée.

Le cœur battant, j'ai avancé jusqu'à la fenêtre où se trouvaient les mannequins d'Anna et d'Elodie. La robe d'Anna était noire avec une bordure violette et une courte traîne. Elle lui irait à merveille, mais celle d'Elodie était à couper à souffle.

J'ai hésité un moment. Puis, en songeant au rire moqueur d'Elodie, la haine m'a reprise.

Je me suis agenouillée et j'ai soulevé les différents voiles de mousseline jusqu'à ce que je trouve un ourlet présentant un espace suffisant pour y glisser l'os. Celui-ci s'est mis à luire à travers les superpositions de rose. Quand la lueur s'est éteinte, j'ai regagné ma chambre.

Jenna était assise sur sa couverture.

– Qu'est-ce que tu as fait ?

J'ai marché jusqu'à mon lit où j'avais caché le petit sac de poussière et j'ai sorti ce dernier.

– Je lui ai simplement rendu la pareille, ai-je répliqué.

Jenna a ouvert la bouche puis l'a refermée au moment où j'ai commencé à saupoudrer mes mains avec le contenu du sac. Elle a dû croire que j'avais perdu la tête quand, les doigts couverts de poussière, j'ai saisi le mannequin à la taille et fermé les yeux.

Cette fois, je n'ai pensé à aucun détail.

– Robe, ai-je simplement déclaré.

Comme d'habitude, j'ai senti la matière onduler sous mes doigts, mais mes mains chauffaient et un courant électrique me traversait.

Lorsque Jenna a poussé un cri de stupeur, j'ai rouvert les yeux. Une splendeur me faisait face. Une robe en satin bleu canard parcouru de reflets verts comme de minuscules lumières. Le haut, un corset, était lacé dans le dos par un ruban vert vif. Sur la jupe, commençant en pointe juste au-dessous du corset, un triangle composé de plumes de paon descendait en s'évasant.

– Ça, c'est une robe, Sophie, a murmuré Jenna. Tu vas être très belle dedans.

Elle a raison, me suis-je dit, éblouie.

– Qu'est-ce que tu as mis sur tes mains ? a-t-elle interrogé.

Je préférais ne pas lui parler d'Alice, et le terme « poussière de tombe » risquait de la choquer. J'ai haussé les épaules.

– De la poudre magique.

Elle avait l'air sceptique. Sans lui laisser le temps de me questionner davantage, je lui ai adressé un large sourire et j'ai proposé :

– Si je t'en faisais une aussi ?

Elle a émis un rire surpris.

– Tu crois ?

– Pourquoi pas ? Comme ça, tu pourras m'accompagner au bal.

– Non, a-t-elle protesté, mais j'avais déjà ouvert le tiroir de sa commode afin de m'emparer d'une chemise de nuit.

En touchant le tissu, j'ai simplement pensé à Jenna. Et ses protestations se sont tues quand elle a vu apparaître la robe : rose rouge, avec une large ceinture en diamants qui paraissaient véritables. Elle n'a pas pu résister à l'envie de l'enfiler.

– Je ne sais pas de quoi est composée ta poudre magique et je m'en balance ! s'est-elle écriée en tourbillonnant. Je n'ai jamais vu une robe qui me plaisait autant !

Nous avons passé le reste de l'après-midi à transformer nos chaussures jusqu'à trouver la paire idéale. Au coucher du soleil, nous étions enfin prêtes et pas trop mécontentes de nous. Jenna avait relevé et arrangé ses cheveux blond platine au-dessus de son crâne. Sa mèche rose tombait sur son œil. Les miens étaient noués derrière la nuque en chignon et quelques frisettes rebelles dansaient autour de mon visage.

Bras dessus, bras dessous, nous sommes descendues au rez-de-chaussée en gloussant. Une foule de Prodigium encombrait le couloir étroit qui menait à la salle de bal. J'ai tendu le cou à la recherche d'Archer et d'Elodie, pressée de découvrir la nouvelle et horrible couleur de sa robe. Ils n'étaient pas là.

Dans ma chambre, j'avais été épatée par ma tenue et par celle de Jenna, mais les robes que je pouvais maintenant admirer autour de moi étaient encore plus étonnantes que les nôtres. Une grande fée blonde m'a bousculée. Elle portait une matière qui semblait faite d'étincelles vert pâle, et qui tintait doucement, comme des clochettes. J'ai également aperçu une métamorphe entièrement vêtue de fourrure blanche.

Les costumes des garçons étaient moins excentriques. La plupart s'étaient contentés du traditionnel smoking. Quelques-uns avaient osé mettre des culottes resserrées aux genoux et des redingotes.

Au moment où nous allions entrer dans la salle, j'ai senti quelqu'un plaqué contre mon dos. J'ai cru qu'il s'agissait d'un élève parmi tant d'autres qui cherchait à me pousser pour avancer plus vite, puis j'ai entendu murmurer : « Je savais bien que c'était toi. »

25

J'ai fait volte-face. Ce qui n'est pas facile quand on est coincée dans une marée de gens et qu'on porte une robe encombrante. Par mégarde, mon coude s'est enfoncé dans le flanc de Jenna qui a couiné, puis j'ai fini par réussir à me tourner vers la voix.

– Archer !

– Sophie !

Il avait l'air agréablement surpris par ce qu'il voyait. Quant à moi, je le trouvais plus beau que jamais. Il savait améliorer un uniforme d'école, c'était clair. Ça relevait même presque du crime. Il avait menti à propos de son nœud papillon rose. Il n'en portait pas, il avait une cravate noire et simple, comme le reste de ses vêtements.

Mais ce qui me réjouissait le plus, c'était la façon dont il me regardait.

– Cette robe, a-t-il dit en m'étudiant avec attention, c'est... incroyable.

J'ai failli cacher le haut de mon corset.

– Merci, ai-je répondu.

Il avait l'air un peu sonné et j'ai réprimé un sourire béat.

– Alors comme ça, tu savais que c'était moi ? ai-je demandé.

– J'étais avec Elodie. Je t'avais aperçue, de dos, et elle affirmait que ce n'était pas toi.

Elodie nous a rejoints et m'a jeté un regard hostile. À ma déception, sa robe n'avait pas changé de couleur.

« L'os se chargera de tout. » Tu parles ! Mais j'étais soulagée. Ma colère avait disparu quand j'avais vu apparaître la robe aux plumes de paon. C'était une meilleure vengeance que de s'en prendre à la sienne.

– D'où sort cette tenue ? a-t-elle demandé d'un ton aimable tout en me fusillant du regard.

J'ai souri.

– Apparemment, mon mannequin était ensorcelé.

Elodie a écarquillé les yeux.

– Bizarre, a-t-elle marmonné.

– Oui. Par chance, j'ai trouvé le contre-charme et voilà le résultat !

J'ai écarté les pans de ma robe. Elodie m'a toisée avec mépris.

– C'est un peu... tape-à-l'œil. Tu ne trouves pas ?

Archer s'est tourné vers elle.

– Tu exagères ! Sophie est très belle avec cette robe et tu le sais.

Cette fois, je n'ai pas pu réprimer un sourire béat. Archer m'a décoché un clin d'œil avant de me dépasser avec Elodie.

Je me suis tournée vers Jenna qui riait.

– Ma pauvre. Tu es vraiment amoureuse !

Quand nous sommes entrées dans la salle de bal, elle était encore en train de glousser et moi de sourire d'un air extatique. Je ne savais pas trop à quoi m'attendre concernant la décoration des lieux. À ma surprise, il n'y avait ni ballons ni guirlandes. De minuscules sphères lumineuses reposant chacune sur une fleur violette éclairaient la pièce. Elles s'animaient dans les airs, comme agitées par une brise légère. Les lustres étaient éteints, mais leur cristal miroitant avait pris une couleur d'améthyste. Les miroirs avaient été débarrassés de leurs draps. J'ai cru que cela allait gêner Jenna, mais quand nous nous sommes contemplées dans l'un d'eux, où seul mon reflet se trouvait, elle a déclaré :

– Même au pays des Merveilles, tu es encore une merveille sans cavalier !

Ce qui nous a fait rire.

Le parquet était d'un noir rutilant. J'ai secoué la tête.

– C'est impressionnant.

– Oui, a renchéri Jenna en me serrant la main. Merci d'avoir insisté pour que je vienne.

Nous avons observé les danseurs. Durant le bal de fin d'année auquel j'étais allé avec Ryan, tous les jeunes s'étaient trémoussés comme s'ils passaient une audition pour une vidéo de rap. Ici, les sorcières et les métamorphes valsaient. Ce qui me mettait mal à l'aise car personne ne m'avait conseillé de prendre des cours de valse avant de m'inscrire à Hécate. À l'écart, à une extrémité de la salle, les fées effectuaient une danse très élaborée évoquant la période élisabéthaine de l'Angleterre.

J'ai repéré Elodie et Archer qui dansaient ensemble. Ils formaient un si beau couple : lui grand et brun, et Elodie, les cheveux illuminés par les lumières douces, sa robe flottant autour d'elle. Puis, en observant leurs visages, j'ai remarqué qu'ils se disputaient. Archer fronçait les sourcils et Elodie parlait à toute allure. Soudain, elle a lâché son cavalier et sa main s'est crispée au-dessus de sa hanche.

Quand je les ai vus se diriger vers la sortie de la salle, une crainte m'a saisie. Elodie grimaçait. Suivie par Mme Casnoff, Anna se frayait un chemin à travers la foule. Elodie était maintenant pliée en deux.

– Je me demande ce qu'elle a, a murmuré Jenna.

– Peut-être un point de côté, ai-je suggéré.

– Peut-être.

Comme Jenna me regardait d'un air bizarre, je lui ai demandé :

– Il y a un problème ?

– Qu'est-ce que tu as fait à sa robe, cet après-midi ?

– Rien ! me suis-je défendue.

Je ne savais pas mentir et ça devait se voir. Jenna a secoué la tête et reporté son attention sur Elodie. À présent, Mme Casnoff et Anna la conduisaient à l'extérieur de la salle. Archer leur avait emboîté le pas, mais Elodie s'est retournée et l'a refoulé d'un geste. Impossible d'entendre ce qu'elle disait ; cela n'avait pas l'air tendre. Archer a reculé, les mains levées devant lui, puis a continué à la suivre tandis qu'elle quittait la salle avec son escorte féminine.

Il est revenu vingt minutes plus tard, l'air fâché. J'ai traversé la pièce, sentant le regard de Jenna dans mon dos.

– Qu'est-ce qui s'est passé ? ai-je demandé à Archer.

– Je ne sais pas, a-t-il répondu, les yeux rivés sur la porte par laquelle Elodie était sortie. Elle a dit que sa robe la serrait, qu'elle rétrécissait et qu'elle avait du mal à respirer. Mme Casnoff pense que la robe a été ensorcelée.

J'ai tressailli. Heureusement, Archer ne me regardait toujours pas.

Alice avait-elle prévu ce résultat ou était-ce ma faute ? J'avais peut-être attendu trop longtemps avant de me servir de l'os, et son pouvoir magique, comme le lait, avait tourné. Ou alors, Alice avait voulu faire souffrir Elodie et m'avait menti en prétendant que la robe changerait simplement de couleur.

Mais dans quel but ? Même si elle n'aimait pas Elodie, cette punition me semblait d'une cruauté injustifiée. Non, c'est moi qui avais dû commettre une erreur, comme lorsque j'avais jeté un sort à Kevin.

– Ça va ? s'est enquis Archer.

– Oui, ai-je murmuré. Ce... ce qui est arrivé à Elodie est bizarre.

Il a hoché la tête.

– Est-ce qu'elle est fâchée ? ai-je hasardé.

– Je crois, a-t-il soupiré en passant la main dans ses cheveux. Elle m'a dit : « Tu devrais être content. Tu vas enfin pouvoir passer la soirée avec qui tu voulais. » Elle faisait allusion à toi, je pense.

Il y avait des gens autour de nous, mais soudain, j'ai eu l'impression que nous étions entièrement seuls. Et durant ce moment, j'ai senti un changement entre nous. Une étincelle qui n'existait pas auparavant.

Il a regardé la porte puis m'a souri.

– Ne pas danser avec ta robe serait une honte. Tu m'accordes une valse ?

J'ai acquiescé d'un air calme. Mon cœur battait si vite que j'avais peur qu'il s'en aperçoive. Après tout, ma poitrine était largement exposée.

Il a posé une main tiède sur ma taille, l'autre tenait mes doigts à hauteur d'épaule. Je craignais de marcher sur ma robe ou de lui écraser les pieds, mais grâce à son aisance, nous avons glissé à travers la salle sans maladresse.

– Tu as appris à danser la valse ? ai-je questionné.

Il m'a souri.

– Il y a quelques années, Mme Casnoff a décidé de nous donner des cours de danse. Y assister était obligatoire.

– J'en aurais eu besoin...

– Non, tu te débrouilles bien. Laisse-toi simplement guider.

Je n'avais jamais reçu de meilleures instructions. Il n'y avait ni musiciens ni haut-parleurs, la musique flottait dans la salle, provenant de partout et de nulle part. Mes doigts étaient délicatement posés sur l'épaule d'Archer tandis que nous tourbillonnions dans l'espace. Quand nous sommes passés à l'endroit où j'avais laissé Jenna, elle n'y était plus. En la cherchant des yeux, j'ai craint en culpabilisant qu'elle ne soit retournée dans la chambre. Mais quand la main d'Archer s'est resserrée autour de ma taille, j'ai aussitôt oublié Jenna.

J'ai levé les yeux. Archer ne m'avait jamais regardée avec autant d'intensité.

– Elle avait raison, a-t-il chuchoté.

– À propos de quoi ? ai-je dit dans un souffle.

– C'est avec toi que j'avais envie de danser.

J'ai senti un feu d'artifice s'allumer en moi. Je n'étais plus amoureuse d'Archer. Je l'aimais.

Ses lèvres se sont rapprochées des miennes et mon cœur s'est arrêté de battre.

– Sophie...

Au même instant, un cri a retenti. La musique a brusquement cessé. Tout le monde s'est tourné vers Elodie qui était revenue. Une robe en soie verte dévoilait une partie de ses jambes pâles et elle avait l'air horrifiée.

– C'est Anna ! hurlait-elle. Ça a recommencé ! Je... je crois qu'elle est morte.

26

Heureusement, Anna était encore en vie. En fait, elle était allée chercher un thé pour Elodie à la cuisine. Ne la voyant pas revenir, celle-ci, inquiète, était partie à sa recherche et l'avait trouvée dans le couloir, juste devant leur chambre, face contre terre, au milieu d'une flaque de thé et de sang qui imprégnait l'épais tapis beige. Comme Holly et Chaston, elle avait deux trous à la gorge, mais pas d'entailles aux poignets. Cal était arrivé à temps et quand Mme Casnoff s'était précipitée pour le rejoindre, la tête d'Anna qui avait repris connaissance reposait contre l'épaule du jardinier guérisseur.

De même que Chaston, Anna ignorait qui l'avait attaquée.

Jenna avait regagné notre chambre et ne semblait pas du tout au courant des mésaventures d'Anna.

Vers minuit, Mme Casnoff était venue chercher ma camarade de chambre.

Allongée sur mon lit, j'attendais son retour. J'avais gardé ma robe. Alice et moi avions décidé de ne pas nous voir cette nuit et je savais qu'elle n'allait pas endormir le manoir.

Vers trois heures du matin, j'ai fini par m'assoupir, avant d'être aussitôt assaillie par des images cauchemardesques : Jenna, la bouche maculée de sang, Anna gisant à ses pieds. Elodie dansant avec Archer, les lèvres bleues, les yeux révulsés tandis que sa robe l'étouffait comme un boa. Et Alice, au cimetière, agrippée à la grille en fer forgé pendant que trois hommes vêtus d'habits noirs et brandissant des poignards d'argent fondaient sur elle.

Quand je me suis réveillée, les premiers rayons du soleil éclairaient le parquet. Je me sentais désorientée. J'avais la bouche sèche et pâteuse. Un lointain bourdonnement me parvenait. J'ai réalisé qu'il s'agissait du son de la cloche juchée au sommet du manoir. Pourquoi sonnait-elle à une heure aussi matinale ?

Machinalement, je me suis tournée vers le lit de Jenna. Toujours vide.

Je me suis levée et j'ai pointé le nez dans le couloir. Plusieurs filles vêtues de leur uniforme se dirigeaient vers l'escalier. Apercevant Nausicaa, je lui ai demandé :

– Qu'est-ce qui se passe ?

– Il y a une réunion. Tu devrais te dépêcher.

J'ai refermé la porte et retiré ma robe. Dès qu'elle a touché le sol, elle s'est métamorphosée en taie d'oreiller. J'ai dû battre un record de vitesse en enfilant mon uniforme. Je n'ai pas touché à ma coiffure, même si la moitié de mon chignon avait dégringolé autour de mon visage.

La réunion se tenait dans la salle de bal, laquelle était redevenue une salle à manger aux tables dépareillées. En m'installant au fond, j'ai remarqué une minuscule sphère lumineuse près du plafond. Elle rebondissait contre le mur, comme si elle cherchait une ouverture afin de pouvoir s'échapper.

Tous les professeurs s'étaient rassemblés sur une estrade située près de l'entrée de la salle. Tous, excepté Byron. Mme Casnoff semblait épuisée. Elle avait pris un sacré coup de vieux. À ma grande surprise, ses cheveux n'étaient pas relevés en un chignon compliqué, mais noués de façon négligée derrière sa nuque.

Archer et Elodie étaient assis au premier rang et à ma gauche. Elodie avait le visage strié de larmes. Un bras passé autour d'elle, Archer lui chuchotait quelque chose et ses lèvres effleuraient sa tempe. Puis, comme s'il avait perçu mon regard, il s'est tourné vers moi. J'ai baissé les yeux, les poings serrés sur ma jupe.

Préoccupée par le sort d'Anna et de Jenna, j'avais presque oublié Archer, mais à présent notre rencontre de la veille me revenait en plein cœur.

Mme Casnoff s'est levée et a demandé le silence.

– Comme vous le savez tous, une nouvelle attaque a eu lieu hier soir. Mlle Gilroy va bien, mais c'est la troisième victime en moins d'un an, et nous allons devoir prendre des mesures énergiques. Par ailleurs, Lord Byron est aujourd'hui absent ainsi que Mlle Talbot. En effet, tant que le Conseil n'aura pas démasqué le coupable de ces attaques, les vampires ne seront plus accueillis à Hécate.

Le ventre noué, j'ai entendu l'audience applaudir avec virulence. J'ai songé à Jenna, qui avait été si contente de sa robe rose, et mes yeux se sont mis à picoter. Où avait-elle été emmenée ?

Mme Casnoff nous a exhortés à la prudence et à la vigilance, et nous a demandé de ne pas baisser la garde, mais je n'écoutais plus. Jenna se trouvait dans notre chambre au moment où Anna avait été attaquée. Quand elle venait d'absorber de l'hémoglobine, elle avait l'air droguée. Mais hier soir, lorsque Casnoff était venue la chercher, elle avait simplement eu l'air effarée.

Au moment où un métamorphe m'a marché sur les pieds, j'ai compris que la réunion était terminée.

Je me suis levée, et j'ai entendu la voix de Mme Casnoff :

– Sophia, Elodie, veuillez attendre un instant.

Je me suis retournée. Elodie paraissait aussi perplexe que moi.

– Suivez-moi dans mon bureau, je vous prie, a ajouté Mme Casnoff.

Archer a serré le bras d'Elodie avant de s'éloigner. J'ai croisé son regard au moment où il me dépassait. Il m'a souri et j'ai essayé de lui sourire en retour. Ce qui s'était passé entre nous hier soir avait été un incident exceptionnel incompréhensible, un incident qu'il valait mieux faire semblant d'avoir oublié. De toute évidence, il était avec Elodie, et je ne pouvais pas le lui reprocher. Non seulement elle était très belle, mais toutes ses amies avaient quitté Hécate. Il aurait fallu être sans cœur pour rompre avec elle en un jour pareil.

Accompagnée d'Elodie, je me suis dirigée vers le bureau de Mme Casnoff. Nos vestes effleuraient les murs du couloir étroit.

– Je suis désolée… ai-je commencé, mais Elodie m'a interrompue d'un regard glacial.

– De quoi ? Que ta meilleure copine ait presque tué une autre de mes amies, ou d'avoir tenté de m'assassiner avec une robe ?

J'étais trop fatiguée pour faire l'effort de mentir.

– Le sortilège ne devait pas te blesser. Ta robe devait simplement changer de couleur.

Elodie s'est tue. En jetant un œil sur elle, j'ai remarqué qu'elle me regardait d'un air épaté.

– C'était impressionnant, a-t-elle répondu. Et même si je n'apprécie pas d'être étranglée par mes propres vêtements, j'aimerais bien apprendre ce sortilège.

– Je te montrerai ce qu'il faut faire quand tu m'auras montré comment tu t'y es prise avec mon mannequin de couturière.

Mme Casnoff nous a poussées à l'intérieur de son bureau encombré.

Nous nous sommes assises sur les petites chaises, et elle a pris place sur son trône.

– Vous savez pourquoi je voulais vous parler, les filles, j'imagine ? a-t-elle questionné. Comme vous avez certainement dû vous en rendre compte, toutes les victimes sont des membres de votre clan.

– Je ne fais pas partie de ce clan, ai-je protesté.

Mme Casnoff a pris un air perplexe. Elle a jeté un œil sur Elodie, qui évitait notre regard.

– Elodie, vous avez impliqué Sophia à son insu ?

– Quoi ? ai-je glapi. Comment ?

Elodie a poussé un long soupir qui a soulevé sa frange.

– Nous n'avions pas le choix, s'est-elle justifiée, les yeux rivés sur ses genoux.

C'était bizarre de la voir aussi penaude. En temps normal, elle aurait roulé des yeux plusieurs fois et riposté par une remarque arrogante. Mais là, elle ne cherchait même pas à nier.

– Nous avions besoin d'elle, a-t-elle repris d'un ton suppliant. Notre clan ne lui plaisait pas, nous avons donc décidé d'effectuer le rituel d'admission sans son accord.

Mme Casnoff l'observait d'un air sévère.

– Et par quoi avez-vous remplacé son sang ?

– Par des cheveux que j'ai retirés de sa brosse après être entrée en cachette dans sa chambre, a marmonné Elodie. Mais quand nous les avons jetés dans le feu, cela a simplement déclenché une grosse bouffée de fumée noire. En principe, ce n'est pas ce qui doit se produire et nous avions pensé que ça n'avait même pas marché.

– C'est un scandale ! ai-je explosé. Vous n'avez pas le droit de faire ça ! Et moi qui regrettais d'avoir mis cet os dans ta robe !

– Vous avez quoi ? m'a demandé Mme Casnoff.

Sa voix avait atteint les températures de la cryoconservation et j'ai cru qu'elle allait me changer en mammouth congelé. Elodie a aussitôt profité de cet instant.

– C'est vrai ! C'est elle qui a failli me tuer hier soir en plaçant un os maléfique dans ma robe !

– Parce que tu avais ensorcelé la mienne ! ai-je riposté.

– Tu voulais me piquer mon petit ami !

– Ça suffit ! a crié Mme Casnoff en se levant et en frappant sur la table de ses deux mains. Ce n'est pas le moment de vous chamailler au sujet de robes et de garçons. Deux de vos sœurs ont été gravement blessées, Holly est morte.

– Mais vous avez remédié à ce problème, a bredouillé Elodie. Vous avez chassé les vampires.

Mme Casnoff s'est rassise et s'est frotté les yeux.

– La culpabilité de Jenna ou de Lord Byron n'a pas été prouvée et tous deux ont affirmé qu'ils étaient innocents. Hier soir, leur état ne révélait pas qu'ils avaient été récemment nourris.

En songeant au livre sur *L'Occhio di Dio*, à l'image de la sorcière exsangue, et aux paroles d'Alice qui m'avait dit que L'Œil me voyait, même ici, j'ai demandé :

– Et si *L'Occhio di Dio* se trouvait à Hécate ?

– Qu'est-ce qui te fait penser ça ? a questionné Elodie, mais Mme Casnoff a levé la main.

– J'ai vu l'image d'une sorcière qu'ils avaient assassinée, ai-je répondu. Elle avait perdu beaucoup de sang, comme Holly, Chaston et Anna. Et...

– Je connais cette illustration, Sophia, a coupé Mme Casnoff. Mais il est impossible que des membres de

L'Occhio di Dio puissent s'introduire sur cette île qui est protégée par un système de sécurité magique extrêmement sophistiqué. Et même s'ils y parvenaient, que feraient-ils ensuite ? Ils attendraient, cachés dans la forêt durant des mois, l'occasion de pouvoir entrer dans le manoir ? Non, cela n'a pas de sens, voyons.

– Sauf si l'un d'eux se trouvait déjà dans cet établissement.

Mme Casnoff a haussé les sourcils.

– Vous voulez dire un professeur ? Ou un élève ? Non, c'est impossible.

– Mais...

– Sophia, a-t-elle insisté d'un ton ferme, l'air triste. Je comprends que vous ayez du mal à croire que Jenna soit responsable de ces attaques. Tout le monde a du mal à le croire. Néanmoins, pour l'instant, cela reste l'explication la plus plausible. Jenna a été conduite au siège du Conseil et elle pourra plaider sa cause. Vous devez accepter qu'elle est peut-être coupable.

En imaginant Jenna seule et apeurée, en route pour Londres où elle allait probablement finir sous un pieu aiguisé, le désespoir m'a saisie. Et c'était peut-être mon père qui allait se charger de sa mise à mort.

Mme Casnoff m'a tapoté la main.

– Je suis vraiment navrée. Pour vous deux, a-t-elle ajouté en regardant Elodie. Mais cette affaire devrait vous donner l'occasion d'oublier vos différends. Après tout, vous êtes les derniers membres de votre clan, ici. Que ça vous plaise ou non, c'est un fait, a-t-elle insisté en me gratifiant d'un sourire. À présent, je vous dispense toutes les deux de cours pour aujourd'hui. Tant que nous n'aurons pas obtenu les résultats de l'enquête du Conseil, j'aimerais que vous veilliez l'une sur l'autre. Compris ?

Nous avons grommelé notre assentiment et l'avons suivie hors de son bureau.

J'ai passé le reste de la journée dans ma chambre. Sans Jenna, elle me paraissait grande et vide, et quand j'ai aperçu son lion en peluche, que nous avions appelé Bram Stocker pour blaguer, et tous ses livres, j'ai eu du mal à retenir mes larmes. On ne lui avait rien laissé emporter.

Je suis restée au lit durant l'heure du dîner. Peu après la tombée de la nuit, j'ai entendu cogner doucement à ma porte.

– Sophie ? Tu es là ?

C'était la voix d'Archer. Je n'ai pas répondu. Après un moment, il s'est éloigné.

J'ai attendu minuit. Quand les fenêtres ont pris la couleur de la lumière verte d'Alice, j'ai repoussé mes couvertures et bondi sur mes pieds, pressée de m'échapper à travers le ciel et de confier à Alice tout ce qui s'était passé.

J'ai dévalé l'escalier sans me soucier du bruit et je me suis dirigée vers la porte d'entrée du hall. Quand j'ai posé la main sur la poignée, une voix a sifflé :

– Trop tard !

J'ai fait volte-face. Bras croisés, un petit sourire satisfait aux lèvres, Elodie se tenait au pied de l'escalier.

27

– Je le savais, a-t-elle dit à voix haute. Je savais que tu manigançais quelque chose. Quand Mme Casnoff apprendra que tu as plongé tout le manoir dans le sommeil, tu iras rejoindre ton amie la sangsue à Londres.

La main figée sur la poignée de la porte, je n'arrivais plus à bouger. Pourquoi fallait-il que je me fasse surprendre par la personne qui me haïssait le plus ? En cherchant quelque chose à lui répondre pour l'empêcher d'aller trouver la directrice, je me suis souvenue de son expression quand elle m'avait demandé comment j'avais ensorcelé sa robe, et une idée m'est venue à l'esprit. J'espérais simplement qu'Alice accepterait.

– Très bien, tu m'as prise sur le fait, ai-je reconnu.

Je devais avoir l'air inquiétante car Elodie a reculé d'un pas quand je me suis rapprochée d'elle.

– Puisque je n'étais pas une sorcière douée et que tu ne m'as pas aidée à progresser, j'ai décidé de prendre des cours privés avec un des fantômes d'Hécate.

– Un fantôme tuteur ? Tu me prends pour une

demeurée, ma parole ! Avec qui est-ce que tu as réellement rendez-vous ? Un garçon ? Parce que s'il s'agit d'Archer…

– Il n'y a rien entre moi et Archer.

Techniquement, ce n'était pas un mensonge. Même si j'étais amoureuse de lui et qu'il m'aurait probablement embrassée pendant le bal si l'arrivée d'Elodie ne nous avait pas interrompus, nous n'avions pas de rendez-vous secrets dans les bois, à mon grand regret.

J'ai souri à Elodie en lui tendant la main.

– Tu veux apprendre des super-sortilèges ? Viens avec moi.

Comme je l'avais espéré, la perspective de nouveautés en matière de sorcellerie alléchait Elodie.

– Entendu, a-t-elle répliqué. Mais fais attention : si c'est une ruse pour m'éliminer, je reviendrai te hanter après ma mort.

Alice avait dû savoir qu'Elodie allait m'accompagner car deux balais nous attendaient. À leur vue, Elodie a écarquillé les yeux telle une gamine découvrant ses cadeaux de Noël.

– Tu sais voler sur un balai ? a-t-elle demandé.

J'ai enfourché l'un d'eux avec un sourire et je lui ai répété les paroles d'Alice :

– Viens. Suis la tradition, pour une fois.

Puis nous avons filé à travers la nuit tandis que l'air froid nous brûlait les poumons. Au-dessus de nos têtes, les étoiles scintillaient dans le ciel d'encre. J'ai entendu le rire d'Elodie. Je l'ai regardée et elle m'a décoché un sourire sincère. Le premier depuis que je la connaissais.

Après avoir atterri près du cimetière, je l'ai présentée à Alice sans lui dire que celle-ci était mon arrière-grand-mère. En m'entendant expliquer qu'Elodie était un membre de mon clan, Alice m'a jeté un regard de biais, mais elle n'a pas fait de remarque.

– Alors, vous pratiquez quel genre de magie ensemble ? a questionné Elodie.

Sous le clair de lune, le visage d'Alice paraissait en porcelaine et ses prunelles étincelaient. Peut-être connaissait-elle un sort d'embellissement et allait-elle bientôt me l'apprendre...

– Sophia sait maintenant invoquer des objets, a-t-elle répondu. Et elle a commencé à apprendre un sort de transport.

– Tu sais faire apparaître des choses dans l'air ? m'a demandé Elodie avec étonnement.

Même si je n'arrivais toujours pas à invoquer un objet plus gros qu'une lampe et que cela me demandait un effort colossal, j'ai acquiescé d'un air détaché. Puis je me suis concentrée, j'ai agité la main, et une broche ornée d'émeraudes a surgi devant Elodie. Bouche bée, elle s'en est emparée et a déclaré :

– Apprends-moi.

Elle était habile, plus que moi lors de mes premiers essais. En une heure, elle avait réussi à faire apparaître un stylo et un papillon jaune. Elle me rendait un peu jalouse. Je n'étais jamais parvenue à faire surgir quelque chose d'animé. Néanmoins, Alice n'avait pas l'air épatée par ses talents, ce qui me rassurait. Et à mes débuts, j'avais reçu plus d'éloges qu'Elodie.

Tandis qu'elle continuait à s'entraîner, je me suis mise à travailler sur le sort de transport. Selon Alice, ce sort permettait aux meilleures sorcières de traverser des océans, mais pour ma part, je n'avais toujours pas réussi à me déplacer d'un centimètre sur la gauche.

Finalement, épuisées et légèrement ivres de magie, nous nous sommes assises dans l'herbe avec Elodie. Notre dos reposait contre la barrière du cimetière et nous observions Alice, laquelle, appuyée à un arbre, regardait le ciel.

– J'espère que ma présence ici ne pose pas de problème, lui a dit Elodie.

– Quelle est la raison pour laquelle tu as accompagné Sophia ? a répondu Alice.

Sa voix ne contenait pas de colère, simplement de la curiosité.

– Je me suis fait surprendre par Elodie en sortant du manoir, ai-je expliqué. Alors je lui ai proposé de venir avec moi, pensant aussi qu'apprendre de nouveaux sorts lui plairait.

– Mme Casnoff m'a demandé de veiller sur elle, a déclaré Elodie avec un large sourire.

Elle avait l'air contente d'être là. Ou alors, c'était l'effet de la magie qui la rendait heureuse.

– Pourquoi ? a interrogé Alice.

Je lui ai rapporté ce qui était arrivé à Anna et je lui ai parlé du départ de Jenna et de Byron.

– Casnoff est sûre qu'il s'agit d'un vampire ? a questionné Alice.

– Non, a rétorqué Elodie. Néanmoins, elle ne voit pas qui d'autre aurait pu attaquer Anna.

– L'Œil, a dit Alice, et j'ai senti Elodie se raidir près de moi.

– J'ai évoqué cette possibilité, ai-je déclaré. Mme Casnoff a affirmé que c'était inenvisageable à cause du système de sécurité magique d'Hécate.

Le rire incrédule d'Alice m'a donné la chair de poule.

– Oui, on m'avait dit la même chose à l'époque. Je n'ai pourtant eu aucun mal à neutraliser leur système de sécurité minable pour endormir le manoir. Si c'est à ma portée, c'est aussi à celle de L'Œil, tu ne penses pas ?

– Ils n'ont pas recours à la magie, ai-je argué sans conviction.

Elodie s'est rapprochée de moi.

– Vraiment ? a fait Alice.

Elle s'est dirigée vers nous et s'est accroupie devant moi. J'ai vu ses longs doigts blancs déboutonner son gilet vert. Elle l'a retiré et a commencé à dégrafer sa robe. Quand elle a laissé glisser la manche gauche de celle-ci, je me suis pétrifiée, atterrée. À la place de son cœur se trouvait une large plaie béante.

– Voilà ce que L'Œil m'a fait, Sophia. Ils m'ont traquée, m'ont pourchassée jusqu'à ce que je ne puisse plus fuir, et ils m'ont arraché le cœur. C'était ici, à Hécate.

J'ai regardé le trou en secouant la tête. Elodie tremblait.

– Oui, Sophia, a murmuré Alice.

En croisant son regard, j'ai constaté qu'elle m'observait avec compassion, comme si elle était navrée de me révéler ces horreurs.

– C'est le président du Conseil lui-même qui les avait aidés à me coincer. Il m'avait fait croire que je serais protégée à Hécate et m'a offerte à eux comme un agneau à sacrifier.

– Pourquoi ? ai-je chuchoté.

– Parce que mes pouvoirs magiques lui faisaient peur. Parce qu'ils étaient plus puissants que les siens.

Ma tête tournait et j'avais la nausée. Tout compte fait, ce qu'on nous avait montré le jour de notre arrivée n'était rien comparé à la blessure et à l'histoire d'Alice.

– Ton père a cru que tu serais en sécurité ici parce qu'il ne connaît pas la vérité au sujet de mon assassinat. Mais tu dois me croire, Sophia. Tu es en danger sur cette île. Toi aussi, a-t-elle ajouté en regardant Elodie. Quelqu'un a pris pour cible les sorcières puissantes et vous êtes les deux dernières à Hécate.

– Non, c'est impossible, a bredouillé Elodie. C'était Jenna. C'était un vampire. Forcément.

Le visage d'Alice s'est figé comme un masque.

– Peut-être. Pour votre salut, je l'espère. Mais au cas où tu aurais tort...

Elle a pris ma main et celle d'Elodie. Ma paume s'est mise à brûler dans la sienne et j'ai grimacé de douleur. J'ai vu qu'Elodie cherchait aussi à retirer ses doigts, mais

Alice nous tenait fermement. Quand nous nous sommes mises à gémir, la chaleur cuisante qu'elle nous transmettait a diminué et elle nous a relâchées. J'avais cru que ma main serait au moins rouge, et même couverte de cloques. Elle était normale.

– Qu'est-ce que tu nous as fait ? a demandé Elodie d'une voix chevrotante.

– Je vous ai jeté un sort protecteur qui vous permettra d'identifier vos ennemis le moment venu.

En silence, nous avons regagné le manoir sur nos balais. Ma sensation de légèreté et de liberté avait totalement disparu. Quand nous nous sommes posées à terre, Alice a retiré le collier qu'elle portait et qui était identique à celui qu'elle m'avait donné, et l'a tendu à Elodie. Celle-ci ne l'a pas mis autour de son cou. Elle l'a scruté en fronçant les sourcils avant de refermer ses doigts dessus.

– Merci pour le cours, a-t-elle dit à Alice d'un air troublé. À demain, Sophie.

Après son départ, j'ai demandé à Alice :

– Tu crois vraiment que L'Œil se trouve à Hécate ?

Alice a observé le manoir qui ressemblait à une bête aux yeux multiples somnolant dans les ténèbres.

– Quelque chose se trouve ici. Je ne sais pas ce que c'est. Pas encore.

Je sentais qu'elle avait raison. Une ombre était tombée sur l'école et semblait se rapprocher lentement de moi. Dans le ciel, les nuages masquaient le croissant de lune et la nuit s'obscurcissait. L'idée de marcher seule à travers les couloirs sombres de l'établissement et de regagner ma chambre vide me terrifiait.

– Est-ce que tu peux... ai-je commencé, mais Alice avait disparu, me laissant seule et tremblante dans la nuit.

28

Je m'étais dit qu'Elodie ne voudrait pas retourner voir Alice depuis que cette dernière nous avait montré sa blessure, mais la nuit suivante, à ma grande surprise, elle m'attendait sur le palier, en haut de l'escalier.

– Tu as fait la connaissance d'Alice il y a combien de temps ? m'a-t-elle demandé en descendant les marches.

– À la mi-octobre, je crois.

Elodie a opiné du chef, comme si cela confirmait ce qu'elle pensait.

– Après l'attaque de Chaston ? a-t-elle ajouté.

– C'est ça. Quel est le rapport ?

Elle n'a pas répondu.

Elle m'a accompagnée au cimetière durant deux semaines. Cela ne semblait pas déranger Alice. Pour ma part, j'étais assez consternée de découvrir que je supportais sa présence. En fait, j'avais même commencé à soupçonner que j'aimais bien Elodie.

Sa personnalité n'avait pas entièrement changé, mais elle se montrait plus gentille, plus douce envers moi.

Peut-être qu'elle se servait de moi pour avoir accès aux cours d'Alice. Seuls quelques jours d'entraînement lui avaient suffi pour faire apparaître un divan et elle travaillait déjà sur le sort de transport. Mais aucune de nous deux ne le maîtrisait.

Ce n'était pas seulement à cause des cours, je pense. Depuis le départ d'Anna et de Chaston, Elodie était seule. Bien sûr, Archer était encore là, mais ils passaient de moins en moins de temps ensemble. Elodie disait que c'était parce qu'elle avait trop de choses à faire pour songer à son petit ami, et Archer prétendait qu'il préférait la laisser respirer un peu.

Mes rapports avec Archer avaient également changé. Après le bal, nous avions arrêté de flirter et de blaguer quand nous étions de corvée de cellier. Nous nous contentions de travailler en silence, et parfois, quand je l'observais à son insu, je remarquais que son regard était très lointain. Je ne savais pas si c'était parce qu'il pensait à Elodie ou si c'était le fait que nous soyons devenus distants l'un vis-à-vis de l'autre qui, comme moi, l'attristait et le mettait mal à l'aise.

Gris et pluvieux, le mois de novembre reflétait bien mon humeur. Même si je trouvais Elodie plus aimable qu'avant, Jenna me manquait. Une semaine après l'attaque d'Anna, au cours du dîner, Mme Casnoff avait annoncé que Lord Byron avait été blanchi de tout soupçon. Apparemment, il possédait un alibi en béton. Au moment des faits, il était en train de communiquer par télépathie avec quelqu'un du Conseil. J'avais interrogé la directrice plusieurs fois à propos de Jenna, mais elle avait refusé de me répondre et de me donner la moindre information à son sujet. J'étais très anxieuse.

Ma mère, étant une mère, pouvait le sentir quand je l'appelais. Je lui répondais alors que c'était à cause de la difficulté des cours à Hécate. Je ne lui avais jamais parlé de Chaston, d'Anna ou de Jenna. Je ne voulais pas lui créer des soucis supplémentaires.

Détestant me retrouver seule dans la chambre, j'avais commencé à fréquenter la bibliothèque à la recherche d'informations qui auraient pu innocenter Jenna. J'avais parcouru des livres sur les us et coutumes des Prodigium, mais d'après les auteurs, les seules créatures qui buvaient le sang de leurs victimes étaient les vampires et les démons, et cette pratique était également attribuée dans un seul ouvrage à *L'Occhio di Dio*. Mme Casnoff ayant écarté mon hypothèse concernant L'Œil, j'avais orienté mes recherches sur les démons. Mais tous les écrits traitant de ce sujet étaient en latin. J'avais posé mes mains sur les pages en murmurant : « Traduction. » Apparemment, le livre était immunisé contre les sortilèges. J'avais uniquement réussi à comprendre que pour les tuer, il fallait employer cette fameuse épée noire. J'espérais qu'il n'y avait pas de démon à Hécate, car personne n'en avait une sous la main, ici.

Un soir de fin novembre, alors qu'il bruinait, après le repas et avant de descendre au cellier, j'ai apporté quelques livres à Mme Casnoff. Elle était dans son bureau, occupée à écrire dans un grand carnet noir. Une lumière douce baignait la pièce et on pouvait entendre de la musique classique. Comme lors du bal, il était impossible de savoir d'où provenait le son.

Elle a levé le nez quand je suis entrée.

– Oui ?

Je lui ai tendu les livres.

– J'aimerais vous poser quelques questions à propos de ces ouvrages.

Elle a froncé les sourcils en les examinant puis m'a fait signe de m'asseoir.

– Pour quelle raison vous intéressez-vous aux démons ?

– J'ai lu qu'ils buvaient parfois le sang de leurs victimes et j'ai pensé que c'était peut-être l'un d'eux qui avait attaqué Chaston et Anna.

Mme Casnoff m'a observée avec attention. La musique s'est arrêtée.

– Sophie, a-t-elle dit. (D'habitude, elle m'appelait toujours Sophia.) Vous aimeriez tant pouvoir innocenter Jenna, j'en ai bien conscience. Cependant...

– Je ne peux pas comprendre ces livres car ils sont en latin, ai-je coupé, mais certaines images présentent des démons qui ressemblent à des humains.

– C'est vrai. Néanmoins, nous n'avons pas de moyen de savoir si un démon se trouve à Hécate.

Je me suis levée et j'ai bousculé un des livres posés sur son bureau.

– « La magie n'est pas toujours une solution ! » C'est vous qui avez dit ça ! Vos pouvoirs ne fonctionnent peut-être plus. Une créature qui possède des facultés plus puissantes que les vôtres s'est peut-être introduite dans cette école.

Mme Casnoff s'est levée aussi. J'ai senti l'air s'électriser, et je me suis soudain rappelé qu'elle n'était pas seulement la directrice. Elle était également une sorcière redoutable.

– Ne haussez pas le ton avec moi, Sophie. La magie n'est pas toujours fiable, en effet. Cependant, ce que vous suggérez est impossible. Je suis navrée, mais vous devez admettre que depuis le départ de Jenna qui remonte à trois semaines, ni Elodie, ni vous-même, ni aucun autre élève n'a été attaqué. Vous avez effectué un mauvais choix en vous liant d'amitié avec Jenna, et je ne peux rien faire pour remédier à cela.

Je l'ai regardée. Je suffoquais comme si je venais de piquer un sprint.

Mme Casnoff a passé une main tremblante dans son chignon.

– Je vais vous paraître un peu brutale, mais vous devez comprendre que les vampires sont différents de nous. Ce sont des monstres, et je n'aurais pas dû l'oublier. Croyez-moi, cette affaire ne m'enchante pas non plus. J'avais soutenu votre père quand il avait proposé de les accepter à Hex Hall. Maintenant, j'ai une élève décédée et deux autres qui ne reviendront sans doute jamais. Désormais, plusieurs personnes très influentes m'en veulent. Je serais ravie que Jenna soit innocente, mais tout semble hélas prouver le contraire.

Elle a placé les livres entre mes mains engourdies.

– Vouloir la tirer d'affaire est très loyal de votre part, mais vous perdez votre temps et votre énergie. Arrêtez vos recherches sur les démons, compris ?

Je n'ai pas acquiescé.

– Vous allez être en retard, a-t-elle poursuivi. Mlle Vanderlyden vous attend, dépêchez-vous avant qu'elle ne vienne vous chercher.

À travers un voile de larmes, je l'ai observée se rasseoir et ouvrir son carnet. J'étais furieuse qu'elle refuse de prendre en compte l'hypothèse du démon. Cela me rendait profondément triste. Peu importait ce que je pouvais découvrir. L'explication la plus simple était que Jenna avait tué Holly et essayé de tuer les deux autres. Casnoff ne voulait pas qu'une autre hypothèse l'oblige à reconnaître qu'elle s'était trompée et qu'elle ne savait pas tout.

Quand je suis arrivée au cellier, mes larmes avaient séché. La Vandy m'attendait devant la porte. J'ai cru qu'elle allait m'arracher les yeux, mais quand elle a vu ma tête, elle a simplement grogné : « Vous êtes en retard », et elle m'a poussée doucement vers l'escalier.

Lorsqu'elle a refermé la porte derrière moi, j'ai croisé le regard d'Archer. Il se tenait près d'une étagère.

– Alors Mercer, la Vandy t'a envoyé sa meute de cerbères aux trousses ? a-t-il lancé.

– Non, ai-je murmuré en saisissant le porte-bloc à pince, avant de m'éloigner au fond de la pièce.

– Quoi ? C'est tout ce que tu réponds ? Pas de repartie ? Où est passée la Mercer pleine d'ironie que je connaissais ?

– Je ne me sens pas d'humeur à plaisanter, Cross.

– Qu'est-ce qui t'arrive ?

– À ton avis ? Ma seule amie est partie et ne reviendra probablement jamais. Tout le monde semble déterminé à en faire un monstre et personne ne veut entendre une autre version des choses.

– Quelle autre version ? Sophie, Jenna est un vampire. Les vampires sont des assassins.

– C'est ce que tu penses aussi ?

– Oui. Je sais que tu l'aimais bien et c'est dur, mais tu as d'autres amis qu'elle ici.

Tremblante de rage, j'ai marché jusqu'à lui.

– Est-ce que tu sous-entends que tu es mon ami ? Parce que tu m'adresses à peine la parole depuis le bal.

Il a détourné la tête et j'ai vu ses mâchoires se contracter.

– Tu es vraiment bizarre avec moi depuis cette soirée, ai-je insisté.

Il m'a regardée droit dans les yeux.

– Et toi ? Tu n'arrêtes pas de fuir mon regard ! Par ailleurs, dès qu'Elodie a commencé à te fréquenter, elle est devenue méfiante vis-à-vis de moi.

– Quoi ? Tu crois que je lui ai répété que c'était avec moi que tu avais envie de danser ? Dans le but qu'elle te jette et que je n'aie plus à te partager avec elle ?

Il n'a rien répondu.

– Redescends sur terre ! ai-je crié. Tu as les chevilles qui enflent.

J'ai voulu le dépasser mais il m'a saisie par le bras.

Nous nous sommes foudroyés du regard un instant. Puis ses prunelles se sont assombries, comme celles de Jenna à la vue de mon sang. Mais ce n'était pas la même sorte de faim. C'était un désir qui me submergeait aussi.

Je n'ai pas réfléchi. J'ai posé mes lèvres sur les siennes. Après une seconde, il a émis un grognement rauque et m'a étreinte à m'étouffer. Cela ne me dérangeait pas. Je ne pensais qu'à sa bouche, qu'à son corps plaqué contre le mien.

On m'avait déjà embrassée, mais jamais de cette façon. Un courant électrique m'a traversée et je me suis souvenue des paroles d'Alice à propos de l'amour qui possédait son propre pouvoir magique.

Nos lèvres se sont séparées et nous avons repris notre souffle. Je me suis demandé si j'avais l'air aussi ivre que lui. Il s'est remis à m'embrasser et nous avons heurté l'étagère. J'ai entendu quelque chose se briser au sol, puis Archer m'a poussée vers le mur.

Perdre sa virginité dans un cellier n'était peut-être pas l'endroit idéal, mais quand les mains d'Archer ont parcouru ma peau, j'ai changé d'avis.

Comme un automate, j'ai déboutonné les premiers boutons de sa chemise. Ses lèvres ont effleuré ma gorge et j'ai fermé les yeux, laissant reposer ma tête contre le mur tandis que mes doigts caressaient son torse.

Hypnotisée par ses baisers, j'ai mis un moment à me rendre compte que ma main gauche brûlait. Elle était posée sur son cœur. Et quand je l'ai retirée, à la vue du tatouage de l'œil noir à l'iris doré, une onde de choc m'a traversée.

29

Tout d'abord j'ai refusé de croire à ce que je voyais. Archer, qui avait remarqué ma réaction, a reculé et s'est examiné. Puis il a relevé la tête, blême, affolé. J'ai alors compris que je ne rêvais pas : il portait bien la marque de *L'Occhio di Dio*. Il faisait partie des membres de L'Œil. J'aurais dû hurler ou courir, mais j'étais pétrifiée.

– Sophie, a murmuré Archer.

En entendant mon prénom, je l'ai repoussé de toutes mes forces. Il a basculé en arrière avant de heurter une étagère. Plusieurs objets sont tombés, le liquide jaune d'une jarre s'est répandu au sol. J'avais les pieds dedans en me retournant pour détaler, mais Archer avait recouvré l'équilibre et m'a rattrapée par le bras. Je l'ai surpris en lui faisant brusquement face et, tandis qu'il dérapait sur la flaque jaune, je lui ai décoché un violent coup de coude dans la poitrine. Il s'est plié en deux. J'en ai profité pour le gifler du revers de la main.

Technique numéro 3. Comme au cours de combat.

Archer se tenait la mâchoire, un sang rouge vif

coulant entre ses doigts. Je venais juste de l'embrasser. C'était presque comique.

Il a essayé de m'empoigner mais je l'ai devancé.

Nous nous étions battus ensemble tant de fois. Pour quoi ? Pour nous préparer à ce moment ? Est-ce qu'Archer avait ri en son for intérieur durant nos séances d'entraînement, en pensant qu'il serait facile de me tuer ?

J'ai échappé à la main qui cherchait à m'agripper et j'ai couru vers l'escalier. Ma tête tournait. Archer m'avait embrassée, Archer avait tué Holly, Archer avait attaqué Chaston, Archer avait attaqué Anna. J'ai senti ses doigts effleurer ma cheville. En m'élançant vers la porte, je me suis rappelé qu'elle était verrouillée. Enfermée ! J'étais coincée !

Je me suis plaquée contre la paroi de bois et j'ai crié :

– Vandy ! Madame Casnoff ! Quelqu'un ! À l'aide !

Tout en cognant à la porte de mes poings, je me suis retournée. J'ai vu Archer remonter la jambe de son pantalon et se baisser vers quelque chose fixé à sa cheville.

Un poignard. Un poignard d'argent, identique à celui qui avait servi à arracher le cœur d'Alice.

La peur a assourdi mes cris, comme dans un cauchemar.

Mais Archer ne s'est pas approché de moi. Il a foncé au fond de la pièce et a fait glisser son arme le long du verrou ancien de la petite fenêtre.

À travers la porte, des bruits de pas me sont parvenus, un cliquetis de clés.

La porte et la fenêtre se sont ouvertes au même moment. Archer m'a jeté un dernier regard. J'ai distingué des larmes dans ses yeux. Puis il s'est retourné et a sauté dehors. Je suis tombée dans les bras de la Vandy.

Installée sur le divan du bureau de Mme Casnoff, j'ai serré une tasse de thé chaud entre mes mains. À mon avis, d'après l'odeur, ce n'était pas seulement du thé, mais je n'arrivais pas à boire. Je claquais des dents. Mme Casnoff m'avait enveloppée dans une couverture en laine et je continuais à grelotter. Assise à côté de moi, elle me caressait la tête. Ce geste maternel me mettait mal à l'aise. Appuyée à la porte, la Vandy se massait la nuque.

– Vous êtes vraiment sûre qu'il s'agissait du tatouage de L'Œil ? a demandé Casnoff, me posant la question pour la troisième fois.

J'ai approuvé d'un signe de tête et tenté de porter ma tasse tremblante à mes lèvres.

Elle a poussé un long soupir qui aurait pu être celui d'une centenaire.

– Comment est-ce possible ? Comment est-ce qu'un Prodigium peut faire partie de *L'Occhio di Dio* ?

J'ai fermé les yeux et bu. J'avais raison : on avait ajouté de l'alcool au thé. Une vague tiède m'a traversée mais mes tremblements ne se sont pas arrêtés.

Comment ? me suis-je dit. Archer avait-il été en contact avec eux l'année dernière, quand il avait quitté Hex Hall ? J'étais trop bouleversée pour réfléchir. Des phrases tournaient en boucle dans ma tête : Archer est membre de L'Œil. Archer a essayé de m'éliminer.

Avait-il tenté de me séduire pour me tuer plus facilement ? Était-il devenu le petit ami d'Elodie afin de pouvoir m'approcher ?

J'ai massé l'endroit situé juste au-dessus de mon cœur.

– Il vous a blessée ? s'est inquiétée Mme Casnoff.

– Non, ai-je répondu.

Pas à un endroit visible à vos yeux, ai-je pensé.

La Vandy a pointé ma main droite.

– Elle est enflée et bleue. Vous avez frappé fort.

– Oui. Grâce à vos leçons, j'ai pu me défendre.

– Je ne comprends pas, a murmuré Mme Casnoff, abasourdie. Nous aurions dû nous en rendre compte. Nous aurions dû le percevoir. Quelqu'un aurait dû remarquer ce tatouage.

J'ai secoué la tête.

– Il était caché. Je l'ai détecté grâce au... grâce à un sort de protection que je connais, ai-je menti, évitant d'évoquer Alice.

Par chance, elles étaient trop secouées pour s'apercevoir que je n'arrivais toujours pas à mentir avec sincérité.

– Je l'ai décelé en posant la main sur le tatouage, ai-je ajouté stupidement.

Mme Casnoff m'a dévisagée.

– Vous l'avez touché ?

J'ai piqué un fard. Que mon amoureux se révèle être un assassin ne suffisait pas, il fallait aussi qu'on m'accuse d'avoir flirté dans le cellier.

Heureusement, l'arrivée du professeur métamorphe m'a sauvée. Le manteau de cuir de M. Ferguson dégoulinait de pluie. Il était flanqué d'un grand lévrier irlandais et d'un puma au pelage fauve. Le lévrier s'est changé en Gregory Davidson, un des élèves les plus âgés de l'établissement, et le puma en Taylor. Elle qui m'avait toujours manifesté de l'hostilité depuis qu'elle avait appris qui était mon père m'observait maintenant d'un air apitoyé.

– Aucune trace de lui, madame, a annoncé Ferguson. Nous avons fouillé toute l'île.

Mme Casnoff a soupiré.

– Je n'ai pas réussi à le localiser, même avec mes sorts. C'est comme s'il s'était volatilisé. Il faut impérativement signaler au Conseil que nous sommes infiltrés, a-t-elle ajouté en se massant les tempes. Votre père en sera informé ; bien entendu, notre système de sécurité doit être renforcé, et tous les élèves doivent savoir ce qui s'est passé.

À ma grande surprise, elle a étouffé un sanglot dans sa main. J'ai retiré la couverture et l'ai arrangée autour de ses épaules.

– Ça va aller, a-t-elle murmuré en levant les yeux vers moi. Je regrette, Sophia. J'aurais dû vous écouter.

J'ai souri tristement. Quelques heures plus tôt, cet aveu m'aurait fait bondir de joie. À présent, j'étais contente car cela signifiait que Jenna allait peut-être revenir, mais cet espoir était noyé par la douleur, le chagrin et la colère. J'aurais préféré avoir raison d'une autre façon.

J'ai quitté le trio et pris le chemin qui menait à ma chambre. Même si Jenna me manquait, la perspective d'être seule me soulageait. Cal m'a accostée au pied de l'escalier.

– Ma main va guérir toute seule, ai-je dit.

– Je ne viens pas pour ça, a-t-il répliqué. Mme Casnoff t'a assigné un garde du corps. Tant que nous n'aurons pas retrouvé Archer, je t'escorterai partout où tu iras.

– Quoi ? Et vous allez me suivre jusqu'à ma chambre ?

Il a hoché la tête.

– Très bien, ai-je répondu d'un ton résigné.

La main posée sur la rambarde de bois lisse, j'ai gravi les marches d'un pas lent. J'étais épuisée, j'avais le cœur brisé et tout me semblait douloureux. Alors que l'idée de prendre un bain me tentait, même si je m'étais juré de ne jamais m'allonger dans les baignoires de mon étage, la voix d'Elodie a retenti.

– Sophie ?

Je me suis retournée. Le visage blême, défaite, elle se tenait dans le hall.

– Qu'est-ce qui se passe ? a-t-elle repris. Il paraît que... qu'Archer t'a attaquée dans le cellier ? Je n'ai pas bien compris, et je ne sais pas où il est allé.

– Attendez-moi ici, ai-je dit à Cal.

J'ai pris Elodie par la main et je l'ai entraînée vers le salon le plus proche. Assise près d'elle, sur un canapé, je lui ai expliqué toute l'histoire en prenant soin de ne pas mentionner les baisers échangés avec Archer. J'ai surtout parlé de la bagarre et du tatouage au-dessus de son cœur.

Des larmes se sont mises à rouler sur ses joues et sur ses genoux, laissant des taches sombres sur sa jupe bleue.

– C'est impossible, a-t-elle finalement balbutié. Archer ne peut pas faire de mal à quelqu'un. Il...

Ses pleurs l'ont interrompue. J'ai voulu la consoler, mais elle a écarté ma main.

– Comment est-ce que tu as pu voir son tatouage ? a-t-elle questionné.

– Je t'ai expliqué, ai-je répondu, les yeux rivés sur une lampe dont l'abat-jour reposait sur une bergère en porcelaine au visage impassible. C'est grâce au sort protecteur d'Alice.

– Je sais. Mais comment se fait-il que tu touchais son torse ?

J'ai croisé son regard tout en réfléchissant à un mensonge plausible. Mais j'étais trop triste, rien ne me venait à l'esprit. D'un air coupable, j'ai baissé la tête.

Je m'étais attendue à des cris ou même à une gifle. Elodie s'est simplement essuyé la figure du revers de la main, s'est levée, puis s'est éloignée d'un pas brusque.

30

J'avais cru que toute l'école serait affolée en apprenant la nouvelle concernant Archer. C'est le contraire qui s'est produit. Au lieu de paniquer à cause de la présence de *L'Occhio di Dio* au sein d'Hécate, les élèves paraissaient soulagés que l'énigme des attaques en série soit enfin résolue. Cela signifiait que les loups-garous allaient être de nouveau autorisés à sortir la nuit et les fées à errer dans les bois au lever et au coucher du soleil.

Quelques jours plus tard, Mme Casnoff m'a entraînée à l'écart afin de m'annoncer que Jenna allait revenir et qu'Hécate allait recevoir la visite de mon père une semaine après cela.

L'idée de le voir enfin aurait dû me réjouir, mais je me sentais très anxieuse. Passait-il à Hécate dans le cadre de son travail ou parce que sa fille avait failli être attaquée ? Et de quoi allions-nous parler ?

J'ai fait part à ma mère de mes angoisses. Je ne lui ai rien dit à propos d'Archer.

– Ton père te plaira, m'a-t-elle répondu. C'est un charmeur et il est brillant. Il sera très heureux de te voir.

– Alors pourquoi avoir attendu si longtemps ? Quand j'étais petite, c'est toi qui ne voulais pas que je le connaisse, mais après, quand mes pouvoirs magiques se sont manifestés, il n'est pas venu me voir. Pourquoi ?

– Sophie, il a des raisons pour avoir agi ainsi, mais c'est à lui de te répondre, pas à moi. Quoi qu'il en soit, il t'aime. Est-ce qu'il s'est passé autre chose à Hécate ? a-t-elle ajouté après une courte pause.

– Non, ai-je menti. Je suis simplement submergée par la charge de travail qu'on nous impose.

L'arrivée de mon père aurait dû aiguiser ma curiosité, mais je me sentais indifférente à tout. Quand on me parlait, j'avais l'impression de me déplacer sous l'eau, et d'écouter d'une oreille distraite des paroles assourdies et lointaines.

À ma surprise, j'étais devenue une célébrité à Hécate. À se demander si c'était manquer de se faire saigner dans le cellier par un chasseur de démons qui donnait aux autres l'envie de devenir votre ami.

C'était ce que j'avais confié en plaisantant à Taylor, un soir durant le dîner. Elle était plus souriante depuis qu'elle avait compris que je n'étais pas une espionne au service de mon père.

– Je ne savais pas que tu étais si drôle, avait-elle déclaré.

Oui, j'étais une grande comique. Peut-être parce que l'humour m'empêchait de fondre en larmes.

Elodie ne m'adressait plus la parole et ça me manquait. C'était bizarre, mais j'avais vraiment envie de lui parler car c'était la seule personne qui éprouvait la même chose que moi.

J'avais arrêté d'aller rejoindre Alice au cimetière. Mme Casnoff avait tenu parole et une dizaine de nouveaux sorts protégeaient le manoir, si bien qu'Alice ne parvenait plus à endormir Hécate. J'aurais pu sortir discrètement, mais à mon avis, c'était déjà ce que faisait Elodie et je préférais la laisser tranquille. Après tout, je lui avais temporairement piqué son petit ami, en échange, je pouvais bien lui prêter mon arrière-grand-mère. Ce n'était pas tout à fait pareil, mais c'était une façon de me faire pardonner.

Par ailleurs, je n'avais plus confiance en moi quand j'étais avec Alice. J'avais senti comme une montée d'adrénaline quand l'envoûtement de la robe d'Elodie avait marché. Je n'avais pas voulu lui faire du mal – du moins, je ne pense pas – mais posséder autant de pouvoir m'avait grisée.

Comment cette griserie allait-elle finir ?

Ma fascination pour les forces occultes n'était pas ma seule préoccupation. Je n'arrêtais pas de penser à ce moment de panique dans le cellier, quand Archer avait détaché son poignard. Il aurait eu largement le temps de m'étriper et de filer. Pour quelle raison ne l'avait-il pas fait ? J'avais beau me creuser la tête, aucun scénario ne me satisfaisait. Ce que j'aurais aimé entendre, c'est qu'Archer n'était pas membre de L'Œil, qu'il s'agissait d'une terrible erreur.

Une semaine après son départ, perchée sur le rebord de ma fenêtre, je parcourais un livre sur la littérature et la magie. Même s'il avait été disculpé, Lord Byron avait décidé de ne pas revenir à Hécate. J'avais l'impression qu'il n'avait pas été poli avec Mme Casnoff car elle avait un air pincé en nous annonçant que nous allions avoir un nouveau professeur. En fait, il avait été remplacé par la Vandy. J'avais cru qu'elle me témoignerait moins de hargne depuis qu'elle m'avait sauvée des griffes d'Archer, mais hormis l'annulation de ma punition (les trois semaines restantes de la corvée de cellier), son comportement n'avait pas changé. Nous avions trois dissertations à rendre pour vendredi, ce qui était la raison pour laquelle je cherchais des informations dans un ouvrage qui m'intéressait à moitié.

J'étais en train de lire une analyse du poème *Marché gobelin* de Christina Rossetti quand un mouvement sur la pelouse a détourné mon attention. D'un pas déterminé, Elodie se dirigeait vers les bois. Elle avait dû décider que chevaucher un balai manquait de discrétion.

Je me suis dit que je n'étais pas jalouse, et que si Alice n'avait pas cherché à me contacter au cours des dernières semaines, ce n'était pas grave. De toute façon, Elodie était plus douée que moi. J'ai jeté un œil sur le placard où j'avais rangé Bram, le lion en peluche de Jenna. Je l'avais placé là parce qu'il me donnait le cafard. La semaine dernière, j'avais accroché autour de son cou le collier qu'Alice m'avait remis. Désormais, je n'avais plus besoin de rester éveillée. Je me suis approchée du placard. La porte de ma chambre s'est ouverte.

– Je t'ai manqué ? a demandé Jenna avec un sourire.

J'ai éclaté en sanglots. Elle a traversé la pièce et m'a étreinte. Puis elle m'a tendu un mouchoir en papier qu'elle avait pris sur mon bureau.

– Merci, ai-je reniflé. Ça va mieux.

– Ça a été dur ?

J'ai levé les yeux vers Jenna. Elle avait l'air en pleine forme. Sa peau était toujours aussi pâle mais ses joues étaient un peu plus colorées qu'avant. Même sa mèche rose paraissait rayonner.

– Tu es au courant pour Archer ? ai-je questionné.

Jenna a hoché la tête.

– Je n'arrive pas à y croire. Archer n'a pas du tout le profil d'un espion chasseur de démons.

Je me suis mouchée.

– Personne n'arrive à le croire. Tu es allée au siège du Conseil ? Est-ce qu'ils sont inquiets ?

– Très inquiets. D'après ce que j'ai entendu, Archer et sa famille ont disparu de la surface de la Terre. Quand je pense qu'il a caché son jeu à tout le monde, c'est dingue !

– Oui, ai-je dit en regardant mes mains. Ça me rend vraiment triste parce que...

– Parce qu'il te manque, malgré ce qu'il a fait ?

– Exactement, ai-je répondu, surprise.

Elle a relevé ses cheveux et dévoilé deux points bleus sous son oreille.

– Je sais ce qu'on ressent quand on tombe amoureux d'un ennemi, a-t-elle déclaré.

Puis elle a laissé retomber ses mèches avec un sourire triste.

Je lui ai fait une place sur mon lit et nous nous sommes allongées côte à côte, la tête calée sur un oreiller.

– Raconte-moi Londres, ai-je demandé.

Jenna a levé les yeux au ciel et retiré ses chaussures.

– Je ne suis pas allée à Londres. Le Conseil a une maison à Savannah dont ils se servent pour régler les problèmes d'Hex Hall. C'est là-bas qu'on m'a interrogée. Ils m'ont questionnée à propos du vampire qui m'avait mordue et de mes habitudes alimentaires. Par moments, c'était vraiment flippant. J'ai cru qu'ils allaient faire entrer Buffy pour m'apprendre la danse des pieux.

– La danse des pieux ? ai-je répété en riant.

Jenna a rougi.

– C'est ce que disait cette fille, a-t-elle bredouillé en détournant les yeux.

– Une jolie fille ?

Elle a hoché la tête en souriant jusqu'aux oreilles.

En la cuisinant un peu, j'ai réussi à apprendre que la fille en question s'appelait Victoria, travaillait pour le Conseil et était un vampire.

– Il y a des vampires qui travaillent pour le Conseil ? me suis-je étonnée.

– Oui, a-t-elle confirmé, plus animée que jamais. Ils remplissent toutes sortes de rôles sympas, comme devenir mentors de jeunes vampires ou gardes du corps des membres du Conseil.

– Est-ce que tu as croisé mon père ?

– Non. Désolée. Mais j'ai entendu Vix dire qu'il arriverait à Hex Hall dans quelques jours.

– Vix ? ai-je questionné en haussant un sourcil. Tu veux dire Victoria ?

Jenna a rougi de nouveau et je me suis esclaffée.

– Bram sait qu'il va bientôt devoir te partager ?

– Tais-toi ! a-t-elle répondu, mais elle souriait. Au fait, où est passé mon ours ?

– Je l'ai mis de côté pour toi.

J'ai sauté du lit et ouvert la porte du placard. J'ai saisi Bram et l'ai lancé à Jenna. Elle l'a rattrapé avec un sourire.

– Comme tu m'as manqué, a-t-elle commencé, puis à la vue du collier son expression a changé. D'où vient ceci ?

– C'est un cadeau.

– De qui ?

Elle a croisé mon regard et j'ai vu de l'effroi dans ses prunelles. J'ai senti un filet de sueur le long de ma nuque.

– Pourquoi ? ai-je demandé. Qu'est-ce qu'il y a ?

Jenna a frissonné et posé Bram à l'écart.

– C'est une pierre de sang !

J'ai ramassé Bram et examiné le pendentif. La pierre plate ne ressemblait pas à une pierre de sang. Elle n'était même pas rouge.

– Elle est noire, ai-je dit à Jenna en la lui tendant.

Elle a reculé.

– C'est parce qu'elle contient le sang du démon.

Je me suis pétrifiée.

– Quoi ?

Jenna m'a montré son propre pendentif. À l'intérieur de la pierre, un liquide s'agitait, créant une tempête miniature.

– Mon collier a été fabriqué par des adeptes de la magie blanche et réagit uniquement quand il détecte la présence de la magie noire. C'est une force obscure très dangereuse qui nous menace, Sophie.

Les jointures de ses doigts crispés sur le collier avaient blanchi.

– Le jour du bal, la pierre m'avait également envoyé un avertissement, a-t-elle ajouté. Je voulais te prévenir mais tu étais tellement contente de ta robe et je ne pensais pas que la magie noire pouvait créer quelque chose d'aussi beau.

Je l'écoutais à peine. Mme Casnoff avait dit que personne ne savait comment Alice était devenue une sorcière. Alice était venue me chercher après l'attaque de Chaston, et curieusement, elle avait eu l'air plus en forme après celle d'Anna. Par ailleurs, Elodie avait fait une drôle de tête quand Alice lui avait remis son collier.

Elles étaient ensemble, en ce moment.

J'ai lâché le collier et la pierre s'est fendue au coin de mon bureau. Un liquide noir en a jailli et s'est répandu au sol où il s'est brièvement enflammé avant d'y laisser une marque noire.

Comme j'avais été naïve. Comme j'avais été bête.

– Jenna, va chercher Mme Casnoff et Cal. Dis-leur de me rejoindre dans les bois, là où se trouvent les tombes d'Alice et de Lucy.

– Où vas-tu ? a-t-elle crié.

Je n'ai pas répondu. Je me suis précipitée dans le couloir et j'ai dévalé l'escalier.

Dans les bois, les branches me griffaient le visage et les bras, les cailloux me blessaient les pieds. Je portais uniquement mon pantalon de pyjama et un tee-shirt mais je ne sentais pas le froid. Car j'avais enfin compris pourquoi Alice possédait une apparence aussi charnelle et d'où elle puisait son pouvoir alors qu'elle était supposément morte : ce fameux rituel de magie noire auquel elle avait participé ne l'avait pas changée en sorcière, mais en démon.

Et si c'était ce qu'elle était, c'est donc ce que j'étais aussi.

31

En arrivant au cimetière, je m'attendais à découvrir Elodie étalée dans son propre sang ou peut-être morte. Et quand je l'ai vue près d'Alice, debout et souriante, ça m'a fait un choc. Elle a souri avant de se volatiliser pour réapparaître quelques secondes plus tard un mètre plus loin. Elle maîtrisait enfin le sort de transport.

Alice m'a saluée de la main. Je l'ai regardée en me demandant comment j'avais pu la prendre pour une revenante. Aucun des fantômes d'Hécate ne paraissait aussi vivant. Elle rayonnait d'énergie.

Je me suis approchée d'elles, réprimant ma panique. Dès l'instant où elle m'a aperçue, Elodie a cessé de sourire. À présent, elle scrutait quelque chose au-dessus de ma tête.

– Elodie, ai-je commencé d'un ton calme. Tu devrais rentrer, Mme Casnoff te cherche.

– Non, elle ne me cherche pas.

Elle a exhibé son pendentif.

– Il se met à luire quand quelqu'un me cherche et m'indique qui c'est. Tu vois ce qui est inscrit dessus ?

Le pendentif brillait, révélant mon prénom en lettres dorées.

– Un bijou de famille ? ai-je lancé à Alice.

Elle a souri mais j'ai vu quelque chose changer brièvement dans ses yeux.

– Ne sois pas jalouse, Sophia.

– Je ne suis pas jalouse. Je pense juste qu'il est temps pour Elodie et moi de retourner au manoir.

J'attendais l'arrivée de Cal et de Mme Casnoff avec impatience. J'espérais que Jenna avait pu les prévenir rapidement.

Les sourcils froncés, Alice a levé la tête pour humer l'air. Je me suis mise à trembler comme une feuille.

– Tu as peur de moi, Sophia. Pourquoi ?

– Non, je n'ai pas peur, ai-je répondu d'une voix chevrotante.

Le vent a fait grincer les branches et des ombres étranges ont dansé au sol. Le visage d'Alice s'est durci.

– Tu as amené des intrus. Qu'est-ce qui t'a poussée à faire cela ?

Elle a secoué ses mains en direction des bois et j'ai entendu les arbres gémir comme s'ils se déracinaient et se déplaçaient. Avec horreur, j'ai pris conscience qu'elle ralentissait la progression de la directrice et de Cal.

– Tu as dit à Casnoff que nous étions ici ? a questionné Elodie, mais c'était Alice que je regardais.

– Je sais ce que tu es, ai-je chuchoté.

Elle a souri, ce qui était encore plus déstabilisant que l'étonnement ou la colère.

– Vraiment ? a-t-elle répondu.

– Un démon.

Elle a laissé échapper un rire rauque et un éclat violet a fait briller ses prunelles.

Je me suis tournée vers Elodie. Malgré son air coupable, elle a soutenu mon regard.

– Tu as invoqué un démon, lui ai-je reproché, et elle a simplement acquiescé comme si je l'accusais de s'être teint les cheveux, ou d'avoir commis quelque chose de tout aussi inoffensif.

– On n'avait pas le choix, a-t-elle insisté, avec le ton patient d'une institutrice. Nos ennemis sont de plus en plus forts. Tu as bien vu, ils ont réussi à convaincre l'un des nôtres de travailler pour eux contre nous. Il fallait bien qu'on se prépare à se défendre.

– Donc tu l'as laissé tuer Holly ? ai-je demandé d'une voix tremblante.

Elle a baissé les yeux.

– Offrir du sang humain à un démon est le seul moyen de l'asservir à nos volontés.

J'avais envie de courir vers elle, de la battre, de hurler, mais j'étais clouée sur place.

Elodie m'a jeté un regard implorant.

– On ne voulait pas tuer Holly. On savait qu'il fallait être quatre pour maîtriser un démon et le faire exécuter notre requête, et on avait besoin de sang. Donc je lui ai jeté un sort pour l'endormir et Chaston lui a percé la gorge avec la pointe d'une dague. On avait cru qu'on pourrait enrayer l'hémorragie avant qu'il ne soit trop tard, mais elle saignait tellement...

Je pouvais sentir un goût de bile au fond de ma gorge.

– Vous auriez pu prélever du sang autre part, ai-je répliqué. Vous avez choisi la gorge afin de pouvoir accuser Jenna et de faire d'une pierre deux coups. Je savais que c'était toi qui avais tué Holly, mais tu as fait croire à tout le monde que c'était Jenna et même fini par me faire douter.

– Je croyais que c'était elle qui avait attaqué Chaston et Anna, a confié Elodie, une larme roulant sur sa joue. On pensait que le rituel s'était retourné contre nous. Je n'avais jamais vu Alice avant que tu me la présentes, je le jure.

J'ai regardé Alice.

– Pourquoi est-ce que tu n'es pas apparue devant elles ?

– Elles ne méritaient pas que je leur consacre du temps. Elles m'ont fait sortir des enfers mais je n'avais pas envie de me mettre au service de trois collégiennes.

Elle a levé la main et Elodie a sursauté.

– Je me demande pourquoi tu as mis si longtemps à comprendre, Sophia, a-t-elle repris. Tu es censée être intelligente. Est-ce que c'était vraiment parce que tu n'arrivais pas à distinguer un démon d'un fantôme ou à cause d'autre chose ?

Elle a tourné sa main vers la gauche et Elodie a hurlé en traversant les airs avant d'atterrir contre la grille du cimetière. Elle s'est ensuite immobilisée, et je ne savais pas si c'était dû au choc ou si Alice se servait de ses pouvoirs magiques pour la paralyser.

– Tu veux savoir ce que je pense ? a-t-elle poursuivi. Je

pense que tu savais que j'étais un démon et que tu ne voulais pas l'accepter. Car si je suis un démon, alors tu en es un aussi.

Je tremblais de tout mon corps. Je voulais me boucher les oreilles pour ne plus l'entendre car elle avait raison. J'avais bien remarqué qu'Alice n'était pas un fantôme comme les autres et je n'avais pas voulu me poser trop de questions à ce sujet parce qu'elle me plaisait. Parce que j'aimais le pouvoir qu'elle m'avait donné.

– Je t'ai attendu si longtemps, Sophia, a dit Alice, qui ressemblait maintenant à une fille de mon âge. Quand ces sorcières noires minables ont fait leur rituel d'invocation, je me suis battue avec une horde de démons pour être celle qui reviendrait dans le monde des humains afin de pouvoir te retrouver.

J'ai senti le sang affluer à mon visage et battre à mes tempes.

– Pourquoi ? ai-je murmuré en claquant des dents.

Son sourire était magnifique et terrible. Ses yeux luisaient comme des flammes.

– Parce que nous sommes de la même famille.

Puis j'ai été projetée en arrière, mon dos a heurté un arbre et l'écorce du tronc m'a blessé la peau à travers mon tee-shirt. J'ai essayé de bouger. La lourdeur de mes membres m'en empêchait. Assise, immobilisée, j'ai regardé Alice se diriger vers Elodie.

– Je te prie de m'excuser par avance de ce que je vais faire car pour l'instant je ne veux pas que tu me fasses obstacle, lui a-t-elle dit en s'agenouillant près d'elle.

Alice a soulevé la tête d'Elodie et l'a placée sur ses genoux. Les doigts pointés contre sa tempe, elle lui a fait tourner la tête sur le côté. Puis Alice a avancé sa main vers la gorge d'Elodie. Deux de ses ongles se sont mués en griffes, illuminées par la lumière de l'orbe.

Elodie a à peine frémi quand les griffes se sont enfoncées dans son cou, mais j'ai poussé un cri. Lorsque Alice s'est penchée pour s'abreuver, j'ai fermé les yeux.

J'ignore combien de temps s'est écoulé avant que je puisse à nouveau me mouvoir, mais lorsque j'ai enfin réussi à me lever, Alice se tenait devant moi, et Elodie gisait, très pâle, contre la grille du cimetière.

Je me suis élancée vers elle et Alice n'a pas tenté de m'en empêcher. Accroupie près d'elle, j'ai senti la terre humide du sol. Ses paupières étaient à moitié closes et je pouvais l'entendre respirer faiblement. Elle a croisé mon regard et j'ai vu ses lèvres remuer comme si elle essayait de me dire quelque chose.

– Je suis désolée, ai-je murmuré. Désolée pour tout.

Elle a cligné des yeux, et ses lèvres ont formulé le mot « main ». Je lui ai pris la sienne. Elle a laissé échapper un long soupir et j'ai senti une vibration me traverser. Cela me faisait l'effet d'un courant à basse tension. C'était doux et froid comme de la neige, conforme à la description de la sensation qu'elle avait évoquée à propos de son pouvoir magique. Puis sa main a glissé de la mienne et elle s'est pétrifiée.

J'ai entendu le rire d'Alice. J'ai pivoté vers elle. Elle tournoyait sur elle-même en tenant les côtés de sa jupe.

– Tu ne pouvais pas me faire de plus beau cadeau, m'a-t-elle lancé.

Lentement, je me suis relevée.

– De cadeau ?

Alice a arrêté de tourner mais elle gloussait toujours.

– La nuit où tu es venue avec elle, j'ai cru que tu avais compris ce que j'étais. C'était si gentil de ta part de me la livrer, m'épargnant ainsi de me faire prendre dans cette école horrible.

Le pouvoir magique qu'Elodie m'avait transmis bourdonnait encore dans mes veines, mais qu'en faire ? Je n'étais pas à la hauteur face à Alice, même si nous possédions le même type de pouvoir. Elle avait eu l'occasion de s'en servir plus longtemps que moi et, par ailleurs, son séjour en enfer avait dû lui apprendre quelques ruses. Tout ce qui pouvait m'aider, c'étaient les quelques paragraphes d'un livre sur les démons dont je me souvenais. Et ma colère.

Alice riait de nouveau, grisée par le sang d'Elodie.

– Maintenant que j'ai retrouvé mes forces, rien ne pourra nous arrêter, Sophia. Rien ne sera hors de notre portée.

Mais je ne l'écoutais pas. Je regardais la statue de l'ange et l'épée noire étincelante dans sa main.

Selon la Vandy, tout le monde avait une faiblesse. Je connaissais celle d'Alice.

Moi.

– Brise-toi, ai-je murmuré, et avec un effroyable craquement, l'épée s'est cassée en deux.

Dans l'herbe, j'ai ramassé le morceau de pierre noire. Il était brûlant et ses angles tranchants me blessaient la main, mais je ne voulais pas le lâcher.

Alice s'est retournée et a vu mon arme. Elle ne semblait pas effrayée. Simplement troublée.

– Qu'est-ce que tu fais, Sophia ?

Environ trois mètres de distance nous séparaient. Si je me ruais sur elle, d'une simple chiquenaude, Alice m'enverrait voler contre un tronc d'arbre, comme un vulgaire insecte. Mais elle était euphorique et ne pensait pas que je pouvais l'attaquer. Après tout, nous faisions partie de la même famille.

J'ai fermé les yeux et je me suis concentrée, rassemblant mon pouvoir magique ainsi que celui transmis par Elodie. Une bourrasque de vent s'est mise à tourbillonner autour de moi, d'un froid si glacial que j'en ai eu le souffle coupé. Mon sang s'est mis à couler plus lentement dans mes veines tandis que les battements de mon cœur s'accéléraient.

Alice semblait ravie. Elle s'est approchée de moi.

– Tu as réussi ! a-t-elle dit avec entrain, comme si elle assistait à mon premier ballet.

– Oui, ai-je répondu.

Puis j'ai brandi le morceau de cristal et je lui ai tranché la gorge.

32

– Donc, je suis un démon, ai-je confié à Jenna le lendemain après-midi.

Nous étions assises dans notre chambre, ou plutôt c'était simplement elle qui était assise. Moi, j'étais encore couchée, je n'avais pas bougé de mon lit depuis que Cal et Mme Casnoff m'avaient ramenée à Hécate. Cal avait réussi à soigner les blessures de mes pieds (causées par une course effrénée à travers les bois), mais pas celles de ma main droite. Trois entailles bordées d'un sang rouge sombre parcouraient mes doigts et ma paume. Cal avait fait de son mieux, mais le cristal de l'épée allait sans doute me laisser des cicatrices définitives. Ou alors l'énergie de Cal s'était peut-être amenuisée après ses tentatives pour ranimer Elodie. Je venais de trancher la tête d'Alice et j'étais en train de regarder son corps se dissoudre dans la poussière quand lui et Mme Casnoff avaient déboulé dans la clairière. Cal s'était précipité vers Elodie, mais nous savions qu'il était trop tard. Anna m'avait dit qu'il n'avait pas le pouvoir de ramener les morts à la vie, mais il avait quand même essayé cette nuit-là.

Sur le chemin du retour, Mme Casnoff m'avait expliqué qu'Alice avait été enterrée au cimetière avec quelques autres démons. C'était la raison pour laquelle l'ange brandissait l'épée noire – au cas où l'un d'eux réussirait à s'échapper. « Vous êtes plus organisés que les scouts », avais-je marmonné, puis je m'étais évanouie.

– J'ai toujours su que tu étais très malfaisante, a répondu Jenna. Je n'osais rien dire, c'est tout.

Son ton était celui de la plaisanterie et, d'un air triste, elle regardait ma main.

Mme Casnoff n'avait pas menti quand elle avait dit qu'Alice avait subi une métamorphose durant un rituel de magie noire. Elle avait simplement omis de mentionner le but du rituel : invoquer un démon afin de pactiser avec lui.

J'ignore pourquoi quiconque pourrait avoir besoin d'un démon. Pour faire les courses ? Pour accomplir des travaux ménagers diaboliques et variés ?

Mais les démons sont rusés et, au lieu de devenir le serviteur d'Alice, le démon invoqué lui avait volé son âme et l'avait changée en monstre. Comme elle était alors enceinte, son bébé était également devenu un démon. Lucy avait épousé un humain, papa n'était donc qu'à moitié démon, et moi un quart démon.

Néanmoins, tandis que Cal avait essayé de me soigner, Mme Casnoff m'avait confié que même une quantité diluée de sang de démon pouvait transmettre un énorme pouvoir.

– Super, avais-je répliqué, tandis que la magie blanche de Cal parcourait ma main brûlante.

Mme Casnoff avait toujours su ce que j'étais. À cause de cela, elle n'avait pas pu détecter Alice. Elle avait cru que ce qu'elle percevait provenait de moi.

– Qu'est-ce qui va se passer, maintenant ? a demandé Jenna en quittant son lit pour venir s'asseoir sur le mien. Tu as eu des nouvelles à propos d'Archer et de ton père ?

J'ai grimacé en changeant de position.

– Je n'ai rien entendu de nouveau au sujet d'Archer, lui et sa famille se sont volatilisés. Un groupe de sorciers est à sa recherche, paraît-il.

Je préférais ne pas songer à ce qu'ils allaient lui faire s'ils l'attrapaient.

– Cal pense qu'Archer et sa famille sont allés se cacher en Italie, ai-je repris. Ce qui semble logique vu que L'Œil est basé là-bas.

À mon étonnement, Jenna a secoué la tête.

– Ce n'est pas sûr. Quand j'étais à Savannah, des sorcières parlaient d'un groupe de membres de *L'Occhio di Dio* se trouvant à Londres. Un nouveau avait été repéré parmi eux. Un jeune. Brun. Ça pourrait être lui.

Ma poitrine s'est comprimée.

– Pourquoi serait-il allé à Londres ? Sous le nez du Conseil ?

Jenna a haussé les épaules.

– Pour se cacher là où personne ne l'attend ? J'espère vraiment qu'ils vont le coincer.

Son regard froid m'a fait frémir.

– En ce qui concerne mon père, j'ai appris que le Conseil savait qu'il était à moitié démon, mais vu qu'il n'avait jamais agressé personne et que la puissance de son pouvoir magique était un atout important, les membres avaient décidé qu'il pouvait occuper la fonction de président tant que d'autres Prodigium ignoraient ce qu'il était vraiment.

– Mme Casnoff était également au courant ?

– Oui. Et tous les profs. Ils travaillent pour le Conseil.

Jenna s'est levée et a commencé à entortiller sa mèche rose autour de son doigt.

– Alors tu n'es pas une sorcière.

Ce n'était pas une question mais un constat.

Non, je ne l'avais jamais été. Mme Casnoff avait expliqué que les pouvoirs des démons étant similaires à ceux des sorcières noires, il était facile pour un démon de se faire passer pour une sorcière, tant qu'il ne se mettait pas à boire le sang d'un groupe de sorcières pour décupler ses forces.

Jenna m'a gratté la tête.

– Qu'est-ce que tu fais ? ai-je demandé.

– C'est pour voir si tu as des cornes sous ta tignasse, a-t-elle gloussé.

J'ai repoussé sa main.

– Tant mieux si les monstres t'amusent, Jenna.

Elle a passé son bras autour de mes épaules.

– Être un monstre n'est pas un drame. Et du coup, je me sens moins seule maintenant.

J'ai laissé reposer ma tête sur son épaule.

– Merci, ai-je murmuré.

Quelqu'un a frappé doucement à la porte.

– C'est probablement Casnoff, ai-je dit. Elle est déjà passée me voir cinq fois aujourd'hui.

Lors de notre dernière conversation, elle m'avait confié :

– Vous posséderez toujours un immense pouvoir, Sophia. Et nous espérons qu'à l'instar de votre père, vous l'emploierez pour servir le Conseil.

– Je ne sais pas si ce destin me plaît, avais-je répliqué.

Mme Casnoff avait souri en me tapotant la main.

– C'est un destin glorieux, Sophia. La plupart des sorcières seraient prêtes à commettre un crime pour jouir d'un pouvoir comme le vôtre. Certaines l'ont déjà fait.

Je m'étais contentée d'un vague assentiment. Je n'avais pas envie d'être Sophia la Grande et la Terrible. Ce rôle convenait mieux à des filles belles et ambitieuses comme Elodie. Moi, j'étais simplement moi : drôle, fiable, intelligente, mais pas faite pour être un chef. Puis j'avais questionné Casnoff à propos de ce qui me turlupinait le plus :

– Est-ce que je suis aussi dangereuse qu'Alice ?

– Oui, avait-elle répondu en croisant mon regard. Et vous le serez toujours. Certains démons hybrides, comme votre père, sont capables de vivre sans provoquer le moindre incident, mais par prudence, nous veillons à ce qu'il soit toujours escorté par un membre du Conseil. En revanche, votre grand-mère Lucy a eu moins de chance.

– Que s'est-il passé ?

– *L'Occhio di Dio* l'a tuée, Sophia. C'était hélas nécessaire. Après avoir vécu trente ans sans faire de mal à personne, une nuit, quelque chose... quelque chose lui est arrivé et a révélé sa véritable nature. Elle a assassiné votre grand-père.

J'étais restée silencieuse un long moment.

– Donc ça pourrait m'arriver aussi ? avais-je fini par demander, imaginant ma mère gisant dans une mare de sang, à mes pieds. Une crise de folie pourrait me pousser à tuer un proche ?

– C'est une possibilité, avait reconnu Mme Casnoff.

J'avais alors voulu savoir s'il y avait un moyen de ne plus être un démon et de redevenir normale.

– Il y a l'Opération, avait-elle répliqué. Mais cela risque d'entraîner votre mort.

Cette réponse m'oppressait. L'Opération risquait de me tuer. Mais en restant un démon, je risquais de tuer quelqu'un. Quelqu'un que j'aimais.

La porte de la chambre s'est ouverte. Ce n'était pas Mme Casnoff. C'était ma mère.

– Maman ! ai-je crié en me jetant dans ses bras.

Je pouvais sentir ses larmes mouiller mes cheveux. Je l'ai serrée fort contre moi et je me suis emplie de l'odeur de son parfum.

Quand elle s'est dégagée, elle a essayé de sourire et m'a pris les mains. Je n'ai pas pu réprimer un cri de douleur.

J'ai cru qu'elle allait se remettre à pleurer à la vue de mes entailles, mais elle a porté ma paume à ses lèvres et l'a embrassée, comme si j'avais trois ans et un genou égratigné.

– Sophie, a-t-elle dit en écartant les mèches de mon visage. Je viens te chercher pour te ramener à la maison.

J'ai jeté un œil par-dessus mon épaule. Jenna feignait de nous ignorer mais elle avait l'air peinée. Après mon départ, elle allait se retrouver le seul monstre à bord.

J'ai inspiré profondément et j'ai regardé ma mère. Je ne savais pas si j'allais avoir la force de lui dire ce que je voulais lui annoncer.

Soudain, j'ai vu Elodie passer devant la porte ouverte. Je me suis ruée dehors en me demandant si Cal avait finalement réussi à la sauver. Personne ne m'avait informée de sa guérison.

Le couloir était désert et elle me tournait le dos.

– Elodie !

Elle ne m'a pas regardée et je me suis rendu compte que je voyais à travers elle.

Elle a poursuivi son chemin, s'arrêtant par moments, comme si elle cherchait quelqu'un. Elle n'était plus qu'un autre fantôme d'Hécate, coincée ici pour toujours. D'une certaine façon, elle le méritait. Avec ses amies, elle avait invoqué un démon et payé le prix.

Je l'ai observée jusqu'à ce qu'elle disparaisse dans la lumière de fin d'après-midi. Nous n'avions jamais été amies, mais elle m'avait transmis le faible pouvoir magique qu'il lui restait afin que je puisse vaincre Alice. Et ça, je n'étais pas près de l'oublier.

Pour finir, c'est Elodie qui m'a donné la force de parler à ma mère.

– Je ne rentre pas, lui ai-je dit. Je vais à Londres afin de subir l'Opération.

Remerciements

Écrire un livre a été comparé à traverser l'Atlantique à bord d'une baignoire, je suis donc extrêmement reconnaissante envers mon équipage ! Tout d'abord, je tiens à remercier mon agent, l'incomparable Holly Root, la première personne avec laquelle je n'avais aucun lien qui est tombée amoureuse de Sophie et Cie. Votre enthousiasme et votre sens de l'humour dévastateur font de vous un agent de rêve ! Merci à Jennifer Besser, Emily Schultz, et à tous les génies de Disney-Hyperion qui m'ont agréablement surprise en améliorant ce roman.

Étreintes anxieuses à tous mes amis écrivains des Tenners : Kay Cassidy, Becca Fitzpatrick et Lindsey Leavitt. On se sent parfois seule en écrivant et vous m'avez toujours offert une épaule pour pleurer (ou une boîte de réception à remplir). Je remercie aussi Sally Kalkofen et Tiffany Wenzler, mes premières lectrices, dont les questions, commentaires et encouragements m'ont aidée à transformer *Hex Hall* en quelque chose ressemblant véritablement à un roman, ainsi que Felicia LaFrance dont les pâtisseries m'ont fourni l'énergie nécessaire pour rédiger les cent dernières pages.

Quelques personnes ont la chance d'avoir gardé la même meilleure amie pendant plus de vingt ans. Je suis donc reconnaissante à Katie Rudder Mattli qui lit mes récits depuis 1987 et qui est probablement en train d'envisager de les vendre sur eBay. Merci pour ta loyauté indéfectible et pour m'avoir toujours prouvé que j'avais raison à ton sujet !

Parce que j'ai toujours promis de le faire si j'étais publiée : salut Dallas !

Merci à Crys Hodgens, Alison Madison, Debbie McMickin et Amber Williams. Vous êtes des enseignants formidables et des amis encore plus formidables. J'ai moi-même eu d'excellents professeurs. Alicia Carroll, Alexander Dunlop, James Hammersmith, Louis Garrett, Jim Ryan, Judy Troy et Jake York étaient tous des mentors et amis dont les conseils m'ont été précieux.

Un grand merci à Nancy Wingo qui m'a poussée à participer à des concours littéraires et à assister à des conférences sur la littérature du Sud des États-Unis... Tu es la meilleure, Nancy, ce livre n'existerait pas sans toi.

Une grande partie de *Hex Hall* parle du pouvoir des femmes, et je connais peu de femmes plus puissantes que les femmes solides, intègres, profondes, prodigues et curieuses suivantes : Tammi Holman, Kara Johnson, Nancy Wingo et ma mère, Kathie Moore. Sachez, mesdames, que vous m'avez inspirée de plus d'une façon !

Pour mes parents, William et Kathie Moore. Il me faudrait écrire un livre entier pour exprimer ne serait-ce qu'une fraction de ma gratitude. Vous m'avez soutenue même quand ma route prenait des détours inattendus, et je vous aime plus que je ne saurais le dire.

John et Will, vous êtes mes rayons de soleil. Sans vous deux, rien de tout cela n'aurait été possible. Je vous aime infiniment.

Enfin et surtout, je remercie les élèves qui se sont assis dans ma salle de classe de 2004 à 2007. Vous êtes la raison pour laquelle je suis venue travailler tous les jours et je suis très heureuse d'avoir fait partie de votre existence. Ce roman est pour vous.

D'autres livres

Wiz Albin Michel

Jodi Lynn ANDERSON, *Peau de pêche*
Jodi Lynn ANDERSON, *Secrets de pêches*
Jodi Lynn ANDERSON, *Un amour de pêche*
Jennifer Lynn BARNES, *Felicity James*
Jennifer Lynn BARNES, *Tattoo*
Candace BUSHNELL, *Le Journal de Carrie*
Meg CABOT, *Une (irrésistible) envie de sucré*
Meg CABOT, *Une (irrésistible) envie d'aimer*
Meg CABOT, *Une (irrésistible) envie de dire oui*
Fabrice COLIN, *La Malédiction d'Old Haven*
Fabrice COLIN, *Le Maître des dragons*
Melissa DE LA CRUZ, *Les Vampires de Manhattan*
Melissa DE LA CRUZ, *Les Sang-Bleu*
Melissa DE LA CRUZ, *Les Sang-d'Argent*
Melissa DE LA CRUZ, *Le Baiser du Vampire*
Neil GAIMAN, *Coraline*
Neil GAIMAN, *L'Étrange Vie de Nobody Owens*
Melissa MARR, *Ne jamais tomber amoureuse*
Melissa MARR, *Ne jamais te croire*
Laurie Faria STOLARZ, *Bleu cauchemar*
Laurie Faria STOLARZ, *Blanc fantôme*
Laurie Faria STOLARZ, *Gris secret*
Laurie Faria STOLARZ, *Rouge souvenir*
Chloë RAYBAN, *Les Futures Vies de Justine*
Chloë RAYBAN, *Dans la peau d'un garçon*
Chloë RAYBAN, *Justine sérieusement amoureuse*
Chloë RAYBAN, *L'Effet Justine*
Marie RUTKOSKI, *Les Chroniques de Kronos – Le Cabinet des Merveilles*
Marie RUTKOSKI, *Les Chroniques de Kronos – Le Globe céleste*
Gabrielle ZEVIN, *Une vie ailleurs*
Gabrielle ZEVIN, *Je ne sais plus pourquoi je t'aime*

www.wiz.fr
Logo Wiz : Cédric Gatillon

Composition Nord Compo
Impression : Imprimerie Floch, septembre 2010
Éditions Albin Michel
22, rue Huyghens 75014 Paris
ISBN : 978-2-226-20962-7
ISSN : 1637-0236
N° d'édition : 18649/01. – N° d'impression : 77410
Dépôt légal : octobre 2010
Loi n° 49-956 du 16 juillet 1949 sur les publications destinées à la jeunesse.
Imprimé en France.